HAYMONkrimi

AF168260

Tatjana Kruse

Tagebuch einer Wasserleiche aus dem Canale Grande

Eine Venedig-Krimödie

CESARE

Ich weiß, was Sie denken, und Sie haben recht:
Man hätte in meiner Situation auch ganz
anders reagieren können.
Souveräner.
Abgeklärter.
Einfach erwachsener.
Nicht wie eine Speedy-Gonzales-Rennmaus auf
Meth.
Mehr wie eine Astrid Vollrath.
Wer, um alles in der Welt, ist Astrid Vollrath,
fragen Sie?
Sie ahnen es: Ich bin das.
Das heißt, ich war es. Damals, vor einer Woche.
Als ich noch an das Gute glaubte und das Böse
für böse hielt.
Ohne Grauzonen.
Aber von Anfang an ...

Tag eins

Der Tag der toten Keramikente

Nichts tröstet die verwundete Seele besser als Tomaten-suppe.

Kennen Sie, oder?

Kalte Tomatensuppe. In einem Glas. Mit Eiswürfeln. Und einem Spritzer Tabasco. Oder zweien. Und mit Wodka. Gegebenenfalls viel Wodka.

Kurzum, eine Bloody Mary.

Ich trinke auf ex.

Also, ich versuche es, gerate aber mittig ins Stocken. Vormittagstrinken ist Übungssache, und Übung habe ich darin nicht. Weder im Vormittags- noch im Nachmittags- oder Abendtrinken. Eigentlich vertrage ich nämlich gar keinen Alkohol.

Ich rülpse.

Es ist ein befreiendes Rülpsen. Als ob ich mir damit nicht nur die Luft aus dem Magen, sondern auch den Frust aus dem Herzen rülpsen würde.

„More?"

Die Amerikanerin auf dem Sitz gegenüber schüttelt einladend ihre Thermoskanne. Eine riesige, grün-blau-karierte Thermoskanne. Stämmig wie ein Männerbein in einer Golfhose. Fasst bestimmt eineinhalb Liter.

Mein wievieltes Glas war das jetzt?

Ich schaue kurz zu den anderen Mitreisenden. Was sollen die nur von mir denken? Eigentlich armselig, wenn es einen mit fast vierzig immer noch kümmert, was ande-re von einem halten. Außerdem sind die meisten ohnehin viel zu sehr mit sich selbst beschäftigt, und was mit dir ist, interessiert sie nicht die Bohne.

Hier, im Sechserabteil des Eurocity, sind sie aller-dings interessiert. Und wie! Ausnahmslos alle schauen zu mir und nicken mir auffordernd zu. Ich strecke der

Amerikanerin meinen halbleeren Trinkbecher entgegen. „Yes, please."

An ihrer Stelle hätte ich nicht geteilt. Ich bin ja aber auch Einzelkind und teile prinzipiell gar nichts. Aus genau diesem Grund sitze ich jetzt hier wie das heulende Elend.

Die Amerikanerin dagegen stammt aus einer Familie mit sieben Kindern. Südstaaten. Reich nach New York verheiratet. Apartment mit Blick auf den Central Park und Wochenendhaus in den Hamptons. Gladys Meir heißt sie. Seit sie Witwe ist, kinder- und schoßtierlos, macht sie jedes Jahr die Grand Tour nach Europa. Hat sie uns, kurz nach der Abfahrt, alles schon erzählt. Auf Englisch.

Der Greis neben mir meinte zu Anfang zwar: „Non parlo inglese", aber das hat Gladys nicht vom Erzählen abgehalten. Und schon bei Rosenheim fragte sie mich plötzlich: „Is the smeared make-up accidental or did you cry?"

„Äh ... what?"

„Sie will wissen, ob Sie geweint haben. Ihr Mascara schliert", übersetzte die Frau mit der strengen Zopffrisur direkt neben mir. Unnötigerweise, aber gut gemeint. Mein Englisch ist sehr gut, mich überraschte nur der Umstand, dass Gladys eine so persönliche Frage stellte.

Die Zopffrau fuhr fort: „Absichtlich sehen Sie gewiss nicht so aus. Oder doch?" Leiser Zweifel in ihrer Stimme. Sie ist etwas älter als ich und traut den Nachgeborenen offenbar schlimmste Make-up-Sünden zu.

Ich stützte mich auf den Armlehnen ab und drückte mich hoch, bis ich mich in der Spiegelleiste über den Sitzen auf der anderen Seite sehen konnte. *Herrschaftszeiten!*

Ich sah aus wie die Mitglieder der legendären Rock-Band „Kiss": totenbleich weiß grundiert, fette schwarze Schlieren um die Augen, Haare wild nach allen Seiten abstehend.

Schwer ließ ich mich zurück auf den Sitz fallen, zog eins der vielen durchgefeuchteten Zellstofftaschentücher aus meiner Handtasche, die innen schon ganz klamm ist, und wischte mir damit übers Gesicht.

„So machen Sie's nur schlimmer", konstatierte die extrem aufgestylte junge Frau am Fenster, Typ Instagram-Influencerin. Ich rechne es ihr hoch an, dass sie mich in meinem Zustand nicht abfotografiert und online stellt. Bislang hatte sie noch nichts gesagt, aber so ein eklatantes Schminkvergehen konnte sie offenbar nicht unkommentiert lassen.

Tja, und da ist es dann aus mir herausgeflossen. Die ganze verdammte Geschichte. *Wes das Herz voll ist, des geht der Mund über.* Wie der Evangelist so treffend formulierte.

Dass ich Buchhalterin bin. Mich mit einem Studienkollegen gleich nach dem Abschluss selbständig gemacht habe. Gefühle für ihn entwickelte. Mit ihm zusammengezogen bin. Viele Jahre glücklich und erfolgreich verpaart und verbuchhaltert war. Viel auf Reisen zu unseren Klienten – von Augsburg bis Ingolstadt, von Regensburg bis Nürnberg.

„Und heute Morgen ..." Schnief, schnief. „... auf dem Weg zu einem Klienten in Passau, mit meinem Carry-on-Koffer, weil ich über Nacht bleiben wollte, also, ich bin auf dem Weg zum Bahnhof, und ich gehe immer zu früh los, immer, weil nichts schlimmer und dem Kunden gegenüber respektloser ist als Unpünktlichkeit, und weil man einen Puffer braucht, wenn man mit der Bahn fährt. Und da merke ich, dass ich einen wichtigen Ordner vergessen habe, und ich gehe zurück und denke noch, wieso steht das Rad von Hagen da im Hausflur, der müsste doch schon auf dem Weg ins Büro sein? Und wie ich die Wohnungstür aufschließe, höre ich ihn schon brünftig röhren, was er beim Sex immer macht, und ich gehe ins Schlafzimmer, und ..." Schnief, röchel. „... und da poppt er die Müllerin. Gabi Müller. Unsere Nachbarin. Aus dem zweiten Stock. Hat beruflich nichts mit Mehl zu tun, sondern ist Frisöse." Schnief, rotz. „Und weil die beiden gerade mit ihren Orgasmen beschäftigt sind, bemerken sie mich nicht. Aber auf dem Nachttisch steht der Sektkühler, den wir zur Housewarmingparty von Freunden geschenkt bekommen haben. Mit Champagner gefüllt. Echtem Champagner! Der war Hagen immer zu teuer. Wohl nur *für mich* zu teuer. Und an dem Kühler lehnt eine Karte. *Happy Zweijähriges, Schatzibär!*" Ich meine, keine Luft mehr zu bekommen. „*Zweijähriges!* Die vögeln seit zwei Jahren hinter meinem Rücken, während ich Quittungen sortiere und Formblätter ausfülle." Schnief, rotz, röchel.

Es flutet aus mir heraus wie ein Tsunami. Eine unaufhaltsame Welle, die zwar nicht alles mitreißt, aber alles ausplaudert. Dabei bin ich sonst eher zugeknöpft und zurückhaltend.

„Ich schaue mich um und sehe diese grottenhässliche Keramikente, die uns seine Mutter zum Einzug geschenkt hat und die offenbar zwei Jahre lang die beiden beim Begattungsakt beobachtet hat, ohne mir gegenüber auch nur ein einziges Mal *quak* zu machen ... also packe ich die Ente und schleudere sie mit Schmackes gegen die Wand, und sie trifft volle Kanne auf die Leuchte über der Kopfseite des Bettes, und Lampe und Ente zerbersten in eine Million Minischerben, die auf das Bett rieseln wie Sternschnuppen. Nicht nur auf das Bett, auch auf die wilden Locken von Gabi, die aufkreischt und sie sich mit beiden Händen aus den Haaren streicht, als wäre es eine Invasion von Insekten.

‚Scheiße!', grölt Hagen. Mehr genervt als entsetzt. Ich weiß ja, wie sehr er es hasst, kurz vor dem Finale aus seiner Konzentration gerissen zu werden.

Kurzum: Geschrei und Tohuwabohu. So viel Action hat es in diesem Schlafzimmer noch nie gegeben. Nicht mit mir und gesichert auch nicht mit Gabi. Hagen ist in der Horizontalen einfach kein Action-Held. In diesem Moment passiert etwas in mir. Als ob sich ein Schalter umlegt.

Ich drehe mich einfach nur um und gehe. Wie auf Automatik. Ich gehe und gehe und gehe, und wie ich an den Hauptbahnhof komme, sehe ich, dass da der Eurocity nach Venedig steht, und ich kaufe mir spontan – ich bin sonst nie-nie-nie spontan – auf der Bahn-App meines Handys ein Ticket und steige ein. Zack. Und jetzt sitze ich hier."

Noch verschmierter denn je, weil ich beim Erzählen wieder in Tränen ausgebrochen war.

Das Einzige, was mich in diesem Moment tröstete, ist der Umstand, dass ich mir zumindest nie Hagens Namen in meine verlängerte Rückseite habe tätowieren lassen. Sonst hätte ich jetzt vermutlich auf dem Zugklo versucht, mir mit einer Nagelschere die Pobacke zu amputieren.

Gladys tätschelte mir das Knie. Weil das alles auf Deutsch aus mir herausgesprudelt war, ging ich mal schwer davon aus, dass sie nichts verstanden hatte. Aber wenn sich eine Mitfrau so dermaßen in Wasser auflöste, dann konnte das international nur eins bedeuten.

„Männer!", fauchte der hagere Asiate. Fenstersitz, auf meiner Seite. Er fauchte es mit starkem bayrischem Akzent. Wir nickten alle. Auch der Lächelgreis, der zwar eindeutig keine Ahnung hatte, worum es ging, aber wir sechs im Abteil waren nun eine verschworene Gemeinschaft: eine Beichtende und fünf Beichtväter und -mütter.

Das war der Moment gewesen, in dem Gladys ihre Thermoskanne gezückt hatte.

Ich stecke mein – vom Hersteller so nicht gedachtes – Feuchttuch wieder weg, ist eh egal, wie ich aussehe, und nippe an der frisch aufgefüllten Bloody Mary.

Wenn ich mal groß bin, will ich auch so reisen wie diese Gladys: mit Stil, mit Selbstvertrauen und immer mit etwas Prickelndem in der Thermoskanne. Solo die Welt erobern! Sie als Witwe. Ich als Verlassene. Damn the torpedoes, full speed ahead.

Ich schluchze wieder auf, verschlucke mich, schluchze noch mehr, wische mir mit dem Handrücken die Tränen aus den Augen. Was die Schlierenlage offenbar nicht verbessert.

„Here, this will help", sagt die Influencerin und reicht mir eine Packung Mizellen-Reinigungstücher. Feuchtigkeitsspendend und mit Aloe vera.

Die Zopffrau neben mir zieht einen Schminkspiegel aus ihrer Tasche und hält ihn mir vors Gesicht.

„Sie sind alle so nett zu mir!", jaule ich. Gerührt, nicht geschüttelt. Anders als ein Bond-Martini.

Eine Schaffnerin öffnet die Abteiltür. Als sie mich heulendes Elend und die besorgt dreinschauenden Mitreisenden sieht, will sie keine Tickets sehen, sondern fragt nur: „Kann ich helfen?"

„Ihr Mann hat sie betrogen. Heute Morgen. Mit der Nachbarin", bringt die Zopffrau die Schaffnerin auf den aktuellen Wissensstand.

Die Zugbegleiterin stemmt die Hände auf die Hüften. „Männer. Alles Schweine!" Sie stößt noch ein lautstarkes „Ha!" aus, in dem ein wissendes *been there, done that, got a photo* mitschwingt, dann schließt sie die Abteiltür und geht weiter.

Der greise Italiener nickt. Er hat so ein menschenfreundliches Dauerlächeln. Ob er Priester ist?

Ich ziehe gleich eine ganze Handvoll Reinigungstücher aus der Packung und wische mir damit die Schminke vollständig vom Gesicht. Zuletzt war ich etwa mit elf gänzlich ohne Make-up in der Öffentlichkeit unterwegs. Selbst sonntags auf dem Weg zum Bäcker lege ich zumindest immer Mascara und etwas Lipgloss auf.

„Es tut mir leid, dass ich Ihnen die Reise vermiese", flüstere ich und traue mich gar nicht, die anderen anzusehen. Ich mach sonst nie Szenen in der Öffentlichkeit. Mein herausragendstes Merkmal ist meine Unauffälligkeit. Normalerweise werde ich immer eins mit der Tapete. *Wie, die war auch da?* ist eine ganz übliche Reaktion anderer nach Veranstaltungen, an denen ich wie ein Mauerblümchen teilgenommen hatte. Wenn über mich gesprochen wird.

„Nonsense!", ruft Gladys.

Ein bisschen habe ich sie im Verdacht, dass sie doch etwas Deutsch versteht.

„This is a new start for you. The world is your oyster again! Seize the day!", jubiliert Gladys in typisch US-amerikanischer *Go-for-it*-Mentalität.

Ich starre auf den Abteilboden, der auch schon mal bessere Zeiten gesehen hat.

„Sie sagt, dass so eine Trennung auch ein Neubeginn sein kann. Die Welt steht Ihnen jetzt wieder offen. Wie eine Auster. Und Sie sollen die Gelegenheit beim Schopf packen", übersetzt die Zopffrau.

Ich wette, sie ist Lehrerin. Dieses Bedürfnis, alles erklären zu müssen, hat bestimmt berufsbedingte Ursachen.

„Es lief ja schon länger nicht mehr rund", fange ich an. „Eine Steuerkanzlei aufzubauen, ist viel Arbeit. Da gerät man schonmal in gewisse Routinen. Spricht auch abends nur noch über Brenzliges aus dem Büro." Nicht gerade das ideale Vorspiel für eine befriedigende horizontale Bindungsgymnastik. Wann haben Hagen und ich zum letzten Mal miteinander geschlafen? Es fällt mir nicht mehr ein.

„Zu einem Ehebruch gehören immer drei", nehme ich ihn jetzt in Schutz, obwohl mir überhaupt niemand widersprochen hat. „Ein unbefriedigter Mann, eine Frau, die ihn trösten will, und eine Partnerin, die ..."

„Don't defend him!", ereifert sich die Influencerin mit der vehementen Entweder-Oder-Einstellung der Jugend. „If he doesn't make you happy, he doesn't deserve you!"

„Wenn er Sie nicht glücklich macht, hat er Sie nicht verdient", übersetzt die Zopffrau.

Aber es gibt Grauzonen. Ich bin an Hagens außerpartnerschaftlicher Satisfaktionssuche nicht ganz unschuldig. Die Frage ist nur: Will ich drüber reden, ihm noch eine Chance geben? Oder ist das Fremdpoppen ein Dealbreaker? Das Aus für unsere Partnerschaft? Und könnte es uns gelingen, trotz Beziehungsstress die Kanzlei weiter gemeinsam am Laufen zu halten? Falls nicht, muss ich mir keine Sorgen machen: Gute Buchhalterinnen finden immer einen Job. Aber finden Frauen um die vierzig noch einen Mann? Ich wollte immer eine Familie gründen, aber mittlerweile tickt die Uhr. Sie tickt laut. Sind die guten Kerle, die sesshaft werden wollen, in meinem Alter nicht schon alle längst glückliche Familienväter?

Ich schaue aus dem Fenster. Wir haben schon die Grenze passiert. Berge, wohin das Auge reicht. Ohne die anderen würde mich jetzt das Grauen packen: Was habe ich getan? Spontan alles hingeschmissen? Das bin doch nicht ich! Zehn zu eins, dass ich an der nächsten Station ausgestiegen wäre. Allerspätestens in Innsbruck.

Ich muss wohl ziemlich deprimiert aus der Wäsche gucken, denn der bayrische Asiate beugt sich zu mir, tätschelt mir väterlich das rechte Knie und raunt mit Karl-Valentin-Stimme: „Na, na, na, es wird schon alles wieder gut. Ein paar Tage in der Fremde werden Ihnen guttun. Und wenn Sie sich rarmachen, dann merkt er auch, was er an Ihnen hat."

Unwillkürlich muss ich wieder schniefen.

Gladys macht „ts, ts, ts" und tätschelt mir das linke Knie.

Die Zopffrau, die sieht, wie Gladys und der Bayer meine Knie als Bongo-Trommeln benützen, will mitmachen und tätschelt mir den Rücken. Weil sie das aber offensichtlich nicht oft tut, klopft sie mehr, als dass sie tätschelt. Als ob sie ein Baby dazu bringen wolle, ein Bäuerchen zu machen.

Ich rülpse tatsächlich. Und ich kann nur wiederholen: Rülpsen erleichtert.

„Also gut", rufe ich. „Ich fahre nach Venedig!"

Als ob jemals die Möglichkeit im Raum gestanden hätte, die Notbremse zu betätigen, einfach auszusteigen und heimzulaufen.

Ich leere meinen Becher. Vielleicht spricht der Alkohol aus mir. Vielleicht bin ich aber auch nur so aufgedreht, weil die Luft hier oben – wir überqueren gerade den Brenner – so dünn ist. Sauerstoffmangel im Hochgebirge soll ja zu Verwirrtheit und Grandiositätsgefühlen führen. Aber aus welchem Grund auch immer, ich bin plötzlich wild entschlossen, ein paar Tage in Venedig zu bleiben.

Beichte am Mittag: Da bin ich noch nie gewesen. Venedig hatte immer irgendwie auf meiner Bucketliste gestanden – zusammen mit Pyramiden, Loch Ness und Hawaii –, aber es hatte sich nie ergeben.

„Brava!", jubelt Gladys angesichts meines Ich-fahre-nach-Venedig-Statements.

„So ist's recht!", lobt der Bayer.

Die Influencerin klatscht in die Hände, die Zopffrau nickt.

„Haben Sie denn eine Unterkunft? Das könnte sonst schwierig werden – es ist Hochsaison", wirft die Zopf-frau ein.

„Jetzt entmutigen Sie sie nicht, ein Zimmer findet sich immer", mahnt der Bayer.

Da hat die Influencerin schon längst eine App auf ihrem Handy aufgerufen. „This looks nice!", sagt sie und zeigt mir das Display.

Ein Last-Minute-Angebot für eine Ferienwohnung. Zwei Zimmer.

„Bitte wie viel?!", rufe ich entgeistert, als ich den Preis entdecke und im ersten Moment denke, er wäre für eine ganze Woche. „Pro Tag?"

„Es ist Saison", wiederholt die Zopffrau.

„In Venedig ist immer Saison. Wie im Hofbräuhaus", sagt der Bayer. „Venedig ist teuer, aber das Geld wert! Wie das Hofbräuhaus."

Ich schäme mich, weil ich denke, dass aus seinem Mund immer alles gleich viel bedeutsamer und wahrer klingt. Nicht, weil er bayrisch spricht, sondern weil er aussieht wie Buddha. Nur in schlank. Und auch nicht in Krachledernen, sondern in einem Brioni-Anzug. Er wür-de noch weiser wirken, wenn er nicht wie der Münchner im Himmel klingen würde. Fehlt nur das „Luja, sog i".

„What a lovely place!", schwärmt Gladys, die ei-nen Blick auf die Wohnung geworfen hat. Wobei man nur die Eingangshalle sieht. Viel Grün, Mosaikboden, zwei Säulen.

Ich bringe es nicht über mich, die Wohnung zu buchen. Mein Vorrat an Spontaneität ist für diesen Tag erschöpft. Normalerweise nehme ich immer ein Hotelzimmer in Bahnhofsnähe, und ich plane, es auch in Venedig so zu halten. Aber ich merke mir trotzdem die Adresse, weil sie so punktgenau zu meiner Situation passt: Via Dolorosa 1. Schmerzensweg.

Ein Omen.

Aber hinterher ist man ja immer schlauer ...

In Bozen steigt Gladys aus.

„I'm going rockclimbing!", ruft sie verzückt, als sie mich zum Abschied umarmt.

Wie bitte? Klettern? Am Berg? Ich hoffe, mir sind nicht die Gesichtszüge entglitten. Weil Gladys deutlich älter und breiter ist als ich und ich mir beim besten Willen nicht vorstellen kann, wie sie an einer Felswand hängt. Aber vielleicht ist das ja das Geheimnis ihrer unbändig scheinenden Lebenslust: Tun, was man möchte. Egal, ob die Gesellschaft das für schicklich hält. Oder für machbar.

Ich helfe ihr mit ihren beiden riesigen Koffern.

„Take heart, kiddo, it's all going to be okay in the end", sagt sie zum Abschied und umarmt mich noch einmal. „Here, take this. It'll bring you luck." Sie drückt mir ihre Thermoskanne in die Hand.

Ich sage nichts, weil ich sonst nur wieder anfange zu heulen.

In Rovereto verlässt uns dann die Influencerin. Sie wirft mir eine Kusshand zu. Und in Verona steigt der dauerlächelnde Greis aus. Ist das eine segnende Geste, bevor er das Abteil verlässt? Oder winkt er nur eine Fliege beiseite?

Es steigen natürlich neue Leute zu, aber das sind Eindringlinge, die das Beichtabteil entweihen. Es kommt kein Gespräch mehr auf. Was natürlich auch daran liegen könnte, dass hier alle Italienisch sprechen und ich des Italienischen nicht mächtig bin. Außerdem sehe ich jetzt nicht länger aus wie der Leadsänger von Kiss, sondern bin wieder in meine übliche Unauffälligkeit zurückmutiert.

Gegen halb sieben am Abend fährt der Zug in Venedig ein. Der Asia-Bayer nickt mir zu, ruft „Ois Guade!" und geht seiner Wege.

Ich schnappe mir meinen Rollkoffer und hole tief Luft.

Möge mein neues Leben beginnen!

Mein neues Leben schlägt mir mit einem nassen Handtuch ins Gesicht.

Bildlich gesprochen. Als ich aus dem Zug steige, ist es heiß wie in einer Sauna. Nur sehr, sehr viel luftfeuchter. Ich kann kaum atmen.

Und gleich darauf stehe ich Rotz und Wasser heulend auf dem Gleis, weil ich vor zehn Stunden noch ein völlig normales Leben in geregelten Bahnen geführt habe, und jetzt bin ich allein und verlassen in einem fremden Land, dessen Sprache ich nicht spreche und in dem ich kein Bett für die Nacht habe.

Sind das nun Stimmungsschwankungen, weil ich ein Trauma erlebt habe, oder sind das die ersten Anzeichen des beginnenden Klimakteriums? Adieu Kinderwunsch, hallo Midlifekrise? ...

Tagebuch-Nachtrag: Als ich gegen halb neun an der Tür zu Via Dolorosa 1 klingele, dümpelt hinter mir im Kanal eine Leiche. Mit der habe ich aber nun wirklich nichts zu tun, darum zählt die nicht. Obwohl sie quasi zur Vorgeschichte dessen gehört, was ich hier erzähle. Aber eben nicht zu mir.

Weil sich das Seil, mit dem man den Toten (ja, ein Mann) verschnürt hat, wenig später in einer Schiffsschraube verfängt und er bis in den übernächsten Kanal mitgeschleift wird, fällt der Verdacht der Carabinieri auch erstmal nicht auf uns, die wir hier wohnen.

Wobei ... noch wohne ich nicht hier.

Noch suche ich.

„No rooms available", heißt es in allen fünf Hotels, die ich auf dem Weg, vom Bahnhof Santa Lucia kommend, zimmersuchend betrete. Kein Raum in der Herberge.

Es sind eigentlich sieben Hotels, in die ich meinen Fuß gesetzt habe, aber zwei davon wirken so edel und teuer, dass ich gar nicht erst bis an die Rezeption schlappe, sondern schon mitten in der Lobby umdrehe und wieder gehe.

Alle Empfangsmenschen, mit denen ich spreche, sehen mich nur mitleidig an. Wer, bitte schön, kommt im 21. Jahrhundert noch persönlich vorbei, ohne vorher online die Verfügbarkeit zu prüfen? Oder wenigstens anzurufen?

Und ja, ich habe mein Handy schon in der Hand gehabt. Aber da ploppte gleich als Erstes die Textnachricht von Hagen auf. *Du hast den Termin beim Kunden in Passau sausen lassen? Ohne dich abzumelden? Die sind total sauer.*

Kein: *Ich kann alles erklären.*

Oder sogar: *Wo bist du? Ich mache mir Sorgen! Lass uns reden.*

Noch nicht einmal ein: *Es war nicht so, wie es aussah. Gabi hat nur geklingelt, um sich Mehl zu borgen. Ich bin nackt aus der Dusche getreten und auf der Seife ausgerutscht und mit dem Penis voraus in sie gefallen. Das ist schon alles!*

Nichts davon. Nur ein Vorwurf.

Wobei es mich schon wurmt, dass ich den Klienten vergessen habe. Der kann ja nichts dafür, dass mein Leben gekentert ist und ich jetzt kieloben schwimme. Und seine Buchhaltungsprobleme sind dringend, da geht's um Fristen mit heftigen Bußgeldern. Nun, der Zug ist abgefahren.

Womöglich hätte ich noch schnell eine ernst gemeinte Entschuldigungsmail ins Handy getippt, aber da sah ich, dass der Akku bei drei Prozent stand. Ich konnte gerade noch Gisi, meiner besten Freundin seit Schultagen, die vor ein paar Jahren der Liebe wegen nach Los Angeles gezogen ist, mit harschen Worten texten, dass Hagen ein Arsch ist und ich mir zwei, drei Tage Auszeit in Italien gönne, und anschließend rasch googeln, wie ich von meinem Standort zu Via Dolorosa kam – links, geradeaus, rechts, links, rechts –, dann wurde auch schon der Bildschirm schwarz.

Jetzt bin ich müde, hungrig und mir tun die Füße weh. Außerdem habe ich das Gefühl, die sumpfige Hitze saugt mir nicht nur den Schweiß, sondern gleich das komplette Leben aus. Ich bin völlig groggy.

Das mit dem links-rechts-links funktioniert natürlich nicht. Schon zwei Brücken weiter habe ich keine Ahnung mehr, wo ich mich befinde und wie es weitergehen könnte. Außerdem sind die schmalen Gassen irre voll. Es ist

Abendessenszeit. Die Touris schwärmen in die umliegenden Osterias und Tavernen aus.

Als ich mich gerade im Slalom über eine schmale Brücke schlängele, auf der Dutzende von Leuten Selfies machen, weil es hier im Sonnenuntergang gar so pittoresk aussieht, und ich eigentlich schon beschlossen habe, im nächsten Hotel ein Zimmer zu nehmen, egal wie teuer, fällt mir ein Schild auf. Darauf ein Pfeil nach links und die Worte: Via Dolorosa.

Das ist doch ein Zeichen des Himmels, oder?

Ich biege nach links, folge dem Kanal, bis es nicht mehr weitergeht, schwenke nach rechts und komme an einen kleinen, menschenleeren Campo. Erst jetzt fällt mir auf, dass die Anzahl vorbeiflanierender Menschen deutlich gesunken ist. Im Grunde gibt es hier auf dem Platz nur mich, drei Bäume und zwei Bänke.

Weil ich müde und wie erschlagen bin, sauge ich die Schönheit des Ortes nicht in mich auf. Ich fühle mich nur noch mehr deprimiert als ohnehin schon, weil hier weit und breit keine Via Dolorosa zu sehen ist.

Da biegt ein eng umschlungenes Pärchen um die Ecke. Sie in einem eierschalenfarbenen Hemdblusenkleid, er in weit offenem Baumwollhemd und Stoffhose. Ebenfalls eierschalig. Beide unverschämt gut aussehend. Als wären sie einer Werbung für norditalienische Pralinen mit Kirsche entsprungen.

„Via Dolorosa?", frage ich zaghaft.

„Nous ne sommes pas d'ici", antworten sie.

Ich schaue ihnen böse nach. Nicht, weil sie aus Frankreich kommen und sich mit der hiesigen Geografie nicht auskennen. Sondern weil sie ihr Liebesglück so offen zur Schau stellen. Wenn man selbst total unglücklich ist, geht einem das Glück anderer gern auf die Nerven. Wartet nur, hätte ich ihnen am liebsten nachgerufen, in fünf bis zehn Jahren hat es sich ausgeturtelt.

Ich hole tief Luft. Von dem Platz mit den Bäumen in der Mitte gehen vier Gassen ab. Alle ohne Namensschilder. Anonyme Gässchen.

Eine von denen wird es doch wohl sein, denke ich. Das Pech hat es sich allerdings bei mir gemütlich gemacht. Keine der Gassen ist die Via Dolorosa. Und auf einmal ist auch niemand mehr unterwegs, den man fragen könnte.

Mein Magen grummelt.

Hat sich denn die ganze Welt gegen mich verschworen? Die Liebesgötter, die Schicksalsgötter, das Straßenbauamt von Venedig? Wirklich alle?

Ich schreie auf. Es ist ein Urschrei. Wie bei einem wilden Tier, das in ein Fangnetz geraten ist.

Ich bin sonst nicht so. Da können Sie jeden fragen. Ich achte immer sehr auf dezentes Benehmen. Aber den ganzen Tag köchelte es nun schon in mir. Da musste sich einfach etwas Bahn brechen.

Prompt schaut eine ältere Frau in geblümter Kittelschürze aus einem Fenster links oben. Nicht finster von wegen Lärmbelästigung. Nur neugierig interessiert.

„Via Dolorosa?", rufe ich fragend.

Sie zeigt mit der Hand, die ein kariertes Küchenhandtuch hält, nach links.

„Grazie!" Aus dem Fundus meiner Italienischkenntnisse, der sonst nichts weiter im Angebot hat als grazie, scusi, buon giorno, buona sera, buona notte und arrivederci.

Wenige Schritte weiter komme ich an einen anderen Kanal – den mit der Leiche, von der ich nichts weiß – und sehe am Eckhaus das Via-Dolorosa-Schild. Es ist auch gleich das Haus mit der Nummer Eins.

Angekommen!

Eines aber weiß ich in dem Moment noch nicht: Wenn dir mitten in einer Pechsträhne die Schicksalsgötter zuzulächeln scheinen, dann meinen sie es nicht gut mit dir – sie haben einen neuen Streich geplant.

Ich drücke auf den Löwenkopf neben dem Eingang, der als Klingel dient. Schon auf dem Weg hierher ist mir aufgefallen, wie viele Löwenköpfe man in Venedig sieht. Macht Sinn, ist ja auch das Symbol der Stadt. Weil sich nichts tut und ich es auch gar nicht klingeln höre, ziehe ich noch am geflochtenen Lederband der altmodischen Türglocke aus Gusseisen neben dem Eingang.

Es läutet unmelodisch. Und laut.

Ich warte.

Von außen sieht das Haus ziemlich verratzt aus. Der Putz an den Wänden bröckelt, die Farbe an den Fensterläden auch. War das mit dem Mosaikboden und den Säulen im Innenhof frech gelogen?

Nein, wie ich gleich darauf sehe, als ein alter Mann knarzend die Holztür öffnet.

Okay, der Mosaikboden ist nicht ganz so bunt wie auf dem Foto im Internet, dafür haben die Säulen zwischenzeitlich Stuckgirlanden bekommen. Und es gibt so viele Grünpflanzen, dass man denken könnte, im Dschungel zu sein.

Der Alte sieht mich nur stumm an. Ist das der Concierge? Oder der Besitzer?

„Buona sera", sage ich und fahre auf Englisch fort: „Ich komme wegen der Ferienwohnung. Ist die noch zu haben?"

Er mustert mich.

Ich mustere ihn.

Deutlich kleiner als ich, mit faltiger, papierner Haut und wilder, wuscheliger weißer Löwenmähne. Aber enorm gut gekleidet. In einem karierten Maßanzug mit Weste und Uhrkette. Sicher nicht der Hauswart. Ob er mich verstanden hat?

Weil er gar so misstrauisch guckt, fange ich an zu plappern: „Ich weiß, ich hätte online buchen sollen. Oder wenigstens anrufen. Aber mein Handy ist tot." Wie zum Beweis ziehe ich mein Handy aus der Tasche.

Dann fällt mir ein, dass es auch an etwas anderem liegen könnte: „Sprechen Sie Englisch?", frage ich.

Er rührt sich immer noch nicht. Seine buschigen Augenbrauen kuscheln mittig über der ausgeprägten Adlernase. Ob er mich für eine Enkel-Trick-Betrügerin hält, die von Tür zu Tür zieht? Oder für eine Zeugin Jehovas? Oder ist er einfach nur schwerhörig?

Ich lege den Kopf schräg und linse zu seinen Ohrmuscheln. Auf der Suche nach einem Hörgerät. Aber die Teile sind mittlerweile ja so winzig, dass man sie gar nicht mehr sehen kann.

„Do you speak English?", brülle ich sicherheitshalber.

Er schaut erst nach links, dann nach rechts – sicher quält ihn die Angst, dass sich die Nachbarn durch die Brüllerei seines potenziellen Feriengastes gestört fühlen könnten –, dann nimmt er meine Hand und zieht mich in den Innenhof. Das hätte meinem alten Ich Angst gemacht. Obwohl ich ihn ohne große Probleme überwältigen könnte, falls er sich als *dirty old man* erweisen sollte. Aber ich spüre instinktiv, dass er es gut mit mir meint. Außerdem hat er erstaunlich weiche Hände. Maniküert?

Er bedeutet mir mit einem Winken, dass ich ihm folgen soll.

Erst als er hinter mir die Tür schließt, fallen mir die Köpfe auf. Sie bevölkern die Regale an der Wand auf der Kanalseite.

Dutzende.

Vielleicht sogar über hundert.

Lebensgroße Gipsköpfe von einem Dogen. Was ich an der Mütze erkenne, dank Leistungskurs Kunsterziehung. Um welchen der vielen venezianischen Dogen es sich handeln mag, weiß ich natürlich nicht. Die Kombination aus Köpfen, Säulen und üppig wuchernder Innenhofbegrünung ist zauberhaft. Oder *instagrammable*, wie man heute sagt.

Der Alte geht zügig auf eine geöffnete Tür am anderen Ende des Innenhofes zu. Es dämmert allmählich, und das Licht in der Küche schimmert warm und verlockend.

Ich nehme meinen Carry-on in die Hand – nicht, dass der Mosaikboden durch die Rollen beschädigt wird – und folge dem Alten. Vermutlich sind dort andere Familienmitglieder, die Englisch sprechen und mir weiterhelfen können.

Aber da ist niemand.

Niemand Humanoides.

Nur ein riesiges Aquarium auf einem erstaunlich niedrigen Betonsockel mit ... äh ... können das wirklich Piranhas sein? Nein. Oder doch? Wer, bitte schön, hält sich menschenfleischfressende Raubfische in der Küche? Ich zweifele. Angesichts der geschlossenen Mäuler bin ich mir nicht sicher. Aber da öffnet einer der

Fische, der mich dabei auch noch anschaut, das Mäulchen und – Zeus, steh mir bei! – bleckt seine rasiermesserscharfen Beißer.

„Allmächtiger!", quietsche ich auf und lasse den Koffer fallen.

Die Piranhas stört das nicht weiter.

Den Alten schon.

„Haben Sie etwa Angst vor Fischen?", fragt er mich in bestem Englisch. Wie ein echter Engländer. Oder einer, der an der Uni Oxford studiert hat.

„Äh ..."

„Meine Kleinen tun Ihnen nichts. Nicht einmal, wenn Sie den Arm ins Becken tauchen. Sie stammen aus einer exklusiven Zucht und sind an qualitativ hochwertiges Futter gewöhnt."

Wie jetzt? Sind meine Arme etwa nicht qualitativ hochwertig?

„Piranhas fressen Menschen", piepse ich.

Killerfische gehören in ihr natürliches Habitat, nicht in eine Küche.

„Das ist ein urbaner Mythos. Piranhas sind die Gesundheitspolizei südamerikanischer Gewässer. Ihre Beutejagd sorgt für ein ökologisches Gleichgewicht, und durch das Vertilgen von Tierkadavern verhindern sie die Ausbreitung gefährlicher Krankheiten. Lebende Menschen attackieren und fressen sie ohnehin nicht, nur tote. Aber Tote passen ja nicht hier ins Becken." Der alte Mann klingt, als würde er das bedauern. Er fährt mit knorrigen Fingern liebevoll über das Glas des Aquariumbeckens. „Piranhas wurden von Hollywood völlig zu Unrecht zu Monstern hochstilisiert." Er schnaubt. „Menschen sind Idioten! Warum sonst mussen wir auf Rohrreinigungsmittel immer noch ‚Achtung, Gift, nicht trinken!' schreiben? Ich plädiere dafür, die Warnhinweise wegzulassen und das Überleben der Klügeren einzuläuten."

Ich nicke unverbindlich. Und schaue mich dabei um.

Der Alte – er hat sich mir immer noch nicht vorgestellt, ich mich ihm ja aber auch nicht – ist so unglaublich elegant, dass es umso mehr auffällt, wie abgewirtschaftet die Küche dagegen wirkt. Es gibt keine Küchenzeile, nur zusammengewürfelte Einzelmöbel. Die allesamt eine gehörige Anzahl von Jahren auf dem Buckel haben. Womöglich sind sie so alt wie ihr Besitzer. Ein in die Jahre gekommener Kühlschrank mit Nussbaumdekor, der hörbar vor sich hinröchelt. Ein altes Küchenbuffet, Stil Gelsenkirchener Barock. Ein wackeliger Küchentisch mit Resopalplatte. Vier nicht zusammenpassende Holzstühle. Ich würde ja gern sagen, dass die Küche eine einnehmend entzückende Vintage-Atmosphäre ausstrahlt, aber sie ist einfach nur abgerockt und verschlissen und heruntergelebt.

Der Alte missinterpretiert meine umherwandernden Blicke. Vielleicht aufgrund des Soundtracks, den ich liefere: Magenknurren.

„Sie haben Hunger! Was darf ich Ihnen anbieten? Ich habe leider keine Pasta mehr. Aber ich kann Ihnen ein paar Cichetti zubereiten."

Ich weiß nicht, was Cichetti sind, aber ich nicke dankbar.

„Schenken Sie sich ein", ruft er mir über seine Schulter zu, während er seine Hemdsärmel hochkrempelt und anfängt zu werkeln.

Ich sehe die offene Flasche Rotwein auf dem Tisch und greife zu.

„Sie suchen also ein Bett für die Nacht?", fragt er über seine Schulter.

„Ja." Der Rotwein wirkt sofort. Vermutlich, weil er auf ein sattes Fundament an Bloody Mary trifft. „Ich habe Ihr Apartment auf dieser Wohnungsvermittlungsseite gesehen. Wenn es noch frei ist, würde ich es gern mieten."

Er säbelt an einem Baguette herum. „Setzen Sie sich. Lassen Sie uns essen und trinken und miteinander reden."

Auch gut, denke ich, er will seine potenzielle Mieterin erstmal kennen lernen. Jemand, der mich füttert, darf Informationsbrocken erwarten.

„Mein Freund hat Sex mit der Nachbarin", erzähle ich einleitungslos.

Der Alte schürzt die Lippen und knurrt etwas, das wie „Mascalzone!" klingt.

Mascalzone? Ich denke an gefüllte Pizza.

Und dann denke ich, dass ein untreuer Lebenspartner als Charakterreferenz für einen Vermieter nicht ausreichend sein könnte, und spiele folglich meine Trumpfkarte aus: „Ich bin geprüfte und ordentlich bestellte Steuerberaterin!"

Der Alte schaut mich an. Ich meine, Anerkennung aus diesem Blick herauszulesen. Anerkennung und – anscheinend immer noch – gewisse Vorbehalte.

Ja klar, ich habe die Basics weggelassen. Die Vorstellung. Das hole ich nach.

„Mein Name ist übrigens Astrid. Astrid Vollrath. Nichtraucherin." Mein inneres, beschwipstes Teufelchen will noch *stubenrein* hinzufügen, weil das ja eine nicht ganz unerhebliche Eigenschaft ist, aber ich bringe es mit einem „Hicks!" zum Schweigen.

„Asti, wie schön. Ich bin Cesare. Cesare Foscarelli."

Ich bin eine Astrid, kein Asti spumante, aber es klingt irgendwie niedlich, und angetrunken, wie ich bin, amüsiert es mich sehr. „Asti!", rufe ich, leere mein Glas und schenke mir nochmal ein.

„So bitte, greifen Sie zu." Cesare schiebt mir auf dem Küchentisch einen großen Teller mit kleinen Brothälften voller Salami, Anchovis, Kapern und Tunfisch zu.

Beherzt ziehe ich den Teller zu mir.

Einer geschenkten Stulle schaut man nicht zwischen Brot und Auflage. Das erweist sich im Nachhinein als fatal. Die Menge an Knoblauchcreme, die sich unter dem Belag versteckt, lässt auf mindestens fünf Zehen schließen.

Quasi ein ganzer Fuß.

Draußen bricht die Nacht herein, durch das Fenster der Erdgeschossküche sieht man keinen Himmel, aber die Leuchte an der Hauswand gegenüber. Und die geht gerade an.

Cesare betätigt einen Schalter, und eine Neonröhre an der Decke erwacht flackernd zum Leben. Sind Neonröhren in der EU überhaupt noch erlaubt?

Der Alte und seine Küche wirken wie aus der Zeit gefallen.

Er hat sich noch nicht gesetzt, steht auf der anderen Seite des Resopaltisches, die Hände auf die Hüften gestemmt. Er wirkt nicht wirklich feindselig, aber für mich gewonnen habe ich ihn noch nicht.

„Sie sind sehr elegant!", rutscht es aus mir heraus. Zusammen mit ein paar Baguettebröckchen.

Ich sage das nicht als Kompliment, sondern als Feststellung der Tatsache, dass er in dieser verratzten Küche quasi ein Fremdkörper ist.

„Grazie." Er scheint sich zu freuen. Kommentiert das aber nicht weiter. Dafür wischt er sich mit feinem Lächeln ein paar Fussel von der Weste. Oder vielleicht habe ich meine Baguettekrümel auch bis zu ihm gespuckt, keine Ahnung. Ohne meine Lesebrille kann ich das nicht erkennen.

„Sie sind Gipskopftöpfer?"

Das Wort Gipskopftöpfer kann man angeschwipst zwar denken, aber nicht aussprechen. Das trifft auch auf das Englische zu – die Sprache, in der ich mich mit Cesare unterhalte. Statt plaster head potter kommt mir nur ein gelalltes „plahepotty" über die Lippen. Ich reiße mich zusammen und frage: „Sie stellen Gipsköpfe her?"

Seine Augenbrauen, die sich beim Cichettimachen entkuschelt haben, fahren wieder zusammen. Passt ihm die Frage nicht? Oder findet er, ich solle meinen Alkoholkonsum einstellen, weil es nichts Schlimmeres gibt als betrunkene Frauen, die einer korrekten Artikulation nicht mehr mächtig sind?

„Nein, ich mache sie nicht, ich handle nur mit ihnen." Er schenkt sich ebenfalls Rotwein ein. „Sie wollen also bei mir einziehen?"

Ich nicke. Mit vollem Mund werde ich aus Rücksicht auf seine Weste nichts mehr sagen.

Da er auch nichts sagt, herrscht in der Küche Stille. Mal abgesehen von meinen Kaugeräuschen.

In die Stille hinein öffnet sich eine Tür, und plötzlich bricht die Hölle los. Zwei weiße Teufel schießen herein, springen an mir hoch und kläffen sich die Seele aus dem Leib.

Ich würde gern sagen, dass ich mit Tieren besser kann als mit Menschen. Aber das wäre gelogen. Folglich gucke ich nur streng. Wenn man Astrid heißt, wird einem der strenge Blick bei der Taufe quasi mit auf den Lebensweg gegeben. Folglich kann ich das wirklich gut.

Die Köter hören aber erst auf, als ein Riese von Mann in einem blauen Overall – und sonst nichts – die Küche betritt, die Hunde packt und sie sich unter die Achselhöhlen klemmt. Auf jeder Seite einen. Schweigend – kein Hallo, kein Nix.

„Das ist mein Sohn Marco", stellt Cesare uns vor.

Nein, eine Vorstellung war das nicht. Das hätte beinhaltet, dass er seinem Sohn auch meinen Namen nennt, aber das tut er nicht. Vielmehr ignoriert er den stummen Riesen mit den flauschig-weißen Achselpolstern, der hinter ihm Aufstellung genommen hat.

Mein Blick huscht von Marco zu Cesare. Insgeheim finde ich es erstaunlich, wie eine dermaßen elegante Erscheinung wie der fragile Cesare ein so ungeschlachtes, unelegantes Riesenbaby wie Marco gezeugt haben soll. Aber dann realisiere ich, dass die wilde Behaarung von Marcos Schultern, Armen und Fußrücken die logische Fortsetzung von Cesares buschigen Augenbrauen sein könnte. Genetik. Ich glaube fast, die Gene haben immer viel Spaß, wenn sie sich bei der Zeugung neu mischen dürfen. Entweder das, oder der Postbote hatte bei Cesares Frau zweimal geklingelt. Statt Briefzustellung eine Affäre.

Wie bei Hagen und Gabi. Wenn Hagen Gabi das Kind gemacht hat, das er mir all die Jahre vorenthalten hat, bring ich ihn um!

„Wir haben tatsächlich eine freie Wohnung", unterbricht Cesare meine Vorstellung, wie ich Hagen mit seinem Driver-Golfschläger den Schädel eindelle. „Sie liegt unter dem Dach. Sie bietet nur beschränkten Komfort, dafür haben Sie einen großartigen Blick."

Wenig Komfort? Ich erinnere mich dunkel an die Summe, die pro Tag für die Wohnung fällig ist, und denke so bei mir, dass es sich um Abzocke handeln muss. Man lockt naive Touristinnen mit dem Bild eines luxuriösen Innenhofes an – den es ja gibt –, sodass sie denken, es mit einem Palazzo zu tun zu haben, speist sie dann aber mit einer baufälligen Dachkammer ab.

Wer mich jedoch mit Knoblauch füttert und mit Rotwein abfüllt, hat schon gewonnen. Zumal die Nacht hereinbricht. Und Venedig ohnehin ausgebucht zu sein scheint.

Es ist ja nur für eine Nacht, maximal zwei, denke ich und sage: „Wunderbar, ich nehme sie."

Cesare nickt, es ist ein seltsam wissendes Nicken. Marco bleibt stumm. Die Tölen tölen wieder.

Cesare bellt etwas, das vermutlich „Aus!" auf Italienisch heißt. Und zu mir sagt er: „Andiamo."

Ich nehme meinen Rollkoffer und folge ihm erst in den Innenhof, dann eine breite Treppe hinauf. In ein Apartment, das in keinster Weise die Erwartungen erfüllt, die online geweckt worden sind, auch wenn man es nicht als baufällig bezeichnen kann. Sehr einfach, aber sauber.

Es ist alles da, was ich für die Nacht brauche: ein Bett, ein klappriger Schrank mit verzogenen Holztüren, ein gerahmtes Bild des Papstes an der Wand (okay, das wär jetzt für mich nicht unbedingt nötig gewesen, macht's aber irgendwie atmosphärisch-authentischer), ein Stuhl, ein Tisch mit einem dicken, ledergebundenen Folianten darauf – hier in Italien vermutlich eine Bibel – und ein Mini-Bad. Letzteres würde in einer Inneneinrichtungszeitschrift als „vorher"-Bild taugen.

„Buona notte", sagt Cesare zum Abschied und schließt die Tür.

Ich lasse mich aufs Bett fallen und will einfach nur noch schlafen. So, wie ich bin: angezogen, ungewaschen, die Handtasche noch in der Armbeuge.

Gleich darauf schrecke ich hoch.

Wie heißt mein Gastgeber gleich wieder?

Mein alkoholisiertes Hirn kann sich nur an ein C erinnern.

Carlo?

Cosimo?

Nein, Cesare! Zu deutsch: Cäsar. Der Typ, der *De bello Gallico* geschrieben hat, nur um noch Jahrhunderte später Lateinschülerinnen wie mich damit zu quälen. Als ob es nicht vollauf gereicht hätte, dass man ihn aus *Asterix und Obelix* kennt. Der mit dem Lorbeer auf den Locken und den Messern im Rücken.

Ich schäle mir die Handtasche vom Arm, ziehe den kleinen Post-it-Block heraus und ... stutze. Oben rechts auf den Post-it-Blättern sind rote Herzchen abgebildet. Jeweils drei. Hagen hat mir den herzigen Post-it-Block vor fünf Monaten zum Geburtstag geschenkt. Zu diesem Zeitpunkt poppte er schon seit satten eineinhalb Jahren mit Nachbarin Gabi. Und schenkt mir trotzdem einen Post-it-Block mit Herzchen! Wie gemein ist das denn bitte?

Ich rülpse empört.

Hagen ist ein Arsch.

Ich stehe auf und werfe den Post-it-Block, so weit ich kann, aus dem Fenster.

Dann gehe ich zu der Bibel auf dem Tisch. Die gar keine Bibel ist. Der ledergebundene Foliant ist sowas wie ein Tagebuch: lauter leere Seiten.

CESARE, notiere ich krakelig im Licht der Sterne. Dann lege ich das Buch aufgeschlagen auf den nachttischlampenlosen Nachttisch. Damit ich morgen früh gleich seinen Namen sehe.

Kurz überlege ich, ob ich mich ausziehen und abschminken soll, wo ich eh schon stehe, entscheide mich aber dagegen. Ich. Die ich sonst immer wahnsinnig exakt bin, was die kleinen Dinge des Lebens angeht: Ich komme immer pünktlich zu Terminen, ich räume immer sofort hinter mir auf, damit man der Unordnung gar nicht erst Tür und Tor öffnet, und ich schminke mich jeden Abend gewissenhaft ab.

Aber nicht heute.

Ich lasse mich wieder aufs Bett fallen.

Hagen ist ein Arsch, denke ich noch einmal empört.

Auf diesem Gedanken surfe ich ins Schlummerland.

Und so beginnt, ohne dass ich es mitbekomme, mein neues Leben.

Tag zwei

Gondel-Gaukeley

Ich weiß, was Sie denken, und Sie haben recht: Spätestens, als ich am nächsten Morgen aufwache und erstaunt realisiere, dass ich trotz heftigen Daydrinkings am Vortag keinen Kater habe, hätte ich mein Handy aufladen müssen, um nachzusehen, was daheim los ist. Dieser Gedanke geht mir auch durch den Kopf. Aber er nickt mir nur flüchtig zu und geht dann schnurstracks weiter. Weil ich keine Lust habe, mich der heimischen Realität namens Hagen zu stellen.

Ich richte mich auf und schaue aus dem Fenster neben dem Bett.

Venedig!

Wie verrückt ist das denn? Gestern war ich noch ein Hamster im Hamsterrad, ein funktionierendes Rädchen im Getriebe. Und jetzt bin ich ...

... in Venedig!

Ich muss mich kneifen, um es zu glauben.

Natürlich sehe ich aus meinem Dachstubenfenster nicht auf irgendwelche berühmten Hotspots wie den Dogenpalast oder auf pittoreske Fotomotive, nur auf rote Ziegeldächer unter wolkenlosem Himmel. Nein, Moment ...

Ich krabbele aus dem Bett, beuge mich aus dem Fenster und schaue genauer hin.

Auf einem Dachbalkon gut vier, fünf Häuser weiter steht ein Mann. Von meiner Warte aus sieht er aus wie der David von Michelangelo. In hautengen schwarzen Boxershorts. Und nicht in Marmorweiß, sondern in sonnengebräunt. Er hält mit der Rechten ein Handy an sein Ohr und gestikuliert wild mit der Linken.

„Buon giorno, Signorina!"

Nein, das war nicht der David, auch wenn ich kurz stutze, das kommt von unten, aus dem Innenhof. Der alte Cesare hebt mir eine Mini-Tasse entgegen. „Espresso?"

Ich nicke. „Ich komme sofort", rufe ich ihm auf Englisch zu und ergänze: „Subito." Dieses *subito* hat mein Unterbewusstsein geliefert. Weil Hagen immer so gern ausländische Filme mit Untertitel schaut, hat sich natürlich das eine oder andere Wort in meine Gehirnwindungen eingebrannt. Ich hoffe, *subito* bedeutet nicht sofort im Sinne von stante pede, sondern mehr so *ja gleich* und beinhaltet die vier, fünf, vielen Sekunden, die ich noch andächtig in die Betrachtung des David versunken bin. Und die halbe Stunde, die ich wie immer im Bad brauchen werde.

Merken Sie was?

Schon fünf Minuten wach und in dieser Zeit nur ein einziges Mal an Hagen gedacht. Ich fühle in mich hinein. Nein, ich bin nicht traurig. Müsste ich aber doch sein, oder? Nach jahrelanger Beziehung, die ich für absolut harmonisch und glücklich hielt, musste ich feststellen, dass mich mein Lebenspartner seit zwei Jahren betrogen hat, was für mich – nennen Sie mich altmodisch – ein absoluter Dealbreaker ist ... das muss doch Trauer hervorrufen! Aber ich bin nicht traurig. Ich fühle mich nur ... leer.

Ich hole tief Luft, mache ein paar Streckübungen und gehe ins Bad. Das ja eigentlich mehr eine Nasszelle ist. Die dringend renoviert gehört. Aber die Toilettenspülung funktioniert, es kommt warmes Wasser aus der Dusche, und der Spiegel über dem Waschbecken ist zwar blind und trübe, aber so sieht man wenigstens die Falten nicht.

Hygieneherz, was brauchst du mehr?!

Lautes Gebell begrüßt mich eine knappe halbe Stunde später unten im Hof. Mein Handy habe ich, immer noch unaufgeladen, auf dem Nachttisch liegen lassen. Ich bin noch nicht so weit, mich meinen Problemen zu stellen.

Marco steht mit den beiden Achselpuscheln unterm Arm zwar nicht exakt an der Stelle, an der ich ihn gestern Abend zum letzten Mal gesehen habe, aber er hat den exakt gleichen Gesichtsausdruck. Und trägt denselben Overall. Hat er da die Nacht verbracht? Als lebende Säuleninstallation?

Die Köter fletschen die spitzen Zähnchen, und wenn er sie jetzt loslässt, nagen sie mir vermutlich das Wadenfleisch von den Schienbeinknochen. Mir liegt die Frage auf der Zunge, ob die Hunde eine bahnbrechende Mischzüchtung aus Pinscher und Piranha sind, aber ich lasse es.

Cesare sitzt unter einem Baum mit üppig grünem Blattwerk an einem schmiedeeisernen Tisch. Er zeigt auf den Stuhl ihm gegenüber und macht mit der Hand eine Hals-durchschneide-Geste. Ich schrecke ein bisschen zusammen, aber es gilt gar nicht mir, es gilt den Kläffern.

Die Hunde sind sofort still.

Italiener verstehen etwas von Hundeerziehung, denke ich. Frage mich aber trotzdem, woraus die Salami gestern Abend gemacht worden war und ob Marco einmal mehr als zwei Hunde besessen hat, von denen die anderen unartig waren ...

Aber nein, mehr als zwei hätte er nicht unter seine Arme bekommen, er ist ja nicht die Göttin Kali.

Kopfschüttelnd schaue ich zu seinem Vater. „Ich glaube, ich drehe erst eine Runde durch die Stadt. Ich bin zum ersten Mal hier, mag man gar nicht glauben, oder?"

„Ohne Espresso und ein Cornetto kann man nicht in den Tag starten", erklärt Cesare. Er hat so eine finale Art an sich, der man nur schwer widersprechen kann.

Auf dem Tisch stehen eine silberne Espressokanne und ein Teller mit einem Mini-Croissant.

Ich setze mich. Allein der Anblick der Espressokanne lässt mich in Schweiß ausbrechen.

„Schon ziemlich heiß für diese frühe Uhrzeit", sage ich.

Auf dem Weg nach unten hat mir die Standuhr im Treppenhaus verraten, dass es kurz nach acht Uhr ist. Gefühlt geht es aber schon auf die dreißig Grad zu. Es ist fatalerweise keine trockene, sondern eine sumpfig-feuchte Hitze, die viel heißer wirkt, als sie ist. Sie treibt einem den Schweiß aus allen Poren und lässt einen glauben, man würde siedendes Wasser atmen.

Zu meinen dunkelblauen Pumps mit flachem Absatz und Knöchelriemen trage ich mein geliebtes, maßgeschneidertes, eierschalenfarbenes Businesskostüm von gestern – natürlich mit frischer Unterwäsche und einer frischen blassgrünen Bluse. Damit wäre ich zwar für das Beratungsgespräch beim Passauer Klienten perfekt angezogen gewesen, aber jetzt und hier fühle ich mich wie eine Teewurst mit Fellpelle. Und schwitze wie ein Iltis. Oder schwitzt man wie ein Schwein? Bei der Hitze stellen meine Hirnzellen den Betrieb ein.

„Heiß?", gluckst Cesare. „Das ist doch nicht heiß. Warten Sie bis heute Mittag. Da wird es heiß!"

Für einen Italiener gestikuliert er erstaunlich wenig mit den Händen, denke ich, *da hat der Boxershorttyp auf dem Dachbalkon deutlich mehr zu bieten.*

Gleich darauf schäme ich mich. Für meine Vorurteile in Sachen Handgesten. Nicht für die zusätzliche Hitzewallung wegen des unbekannten Adonis.

Ich fächle mir mit der flachen Hand Luft zu, während Cesare mir aus der Espressokanne einschenkt. Der vollendete Gentleman alter Schule.

Ich nehme die Tasse zur Hand. Die schwarze Flüssigkeit darin dampft wie der Krater eines aktiven Vulkans. Man soll gegen die Hitze ja was Warmes trinken, aber das dünkt mir des Guten zu viel. Ich puste.

„Trinken Sie!", fordert mich Cesare auf und begleitet seine Worte mit einer energischen Handbewegung. „Sonst wird der Espresso kalt."

Genau darauf habe ich gehofft, aber es nützt ja nichts: Ich will ein guter Gast sein. Also trinke ich.

Meinem Gefühl nach explodiert daraufhin mein Kopf und schießt wie der Deckel eines Dampfkochtopfs mit Überdruck in den Himmel über Venedig hinaus.

„Bene", lobt Cesare. „Bei dieser Hitze muss man viel trinken. Hier, nehmen Sie eine Flasche Wasser auf Ihre Runde mit. Geht aufs Haus."

Er schiebt mir eine Plastikflasche entgegen. In meiner Umhängetasche habe ich natürlich meine wiederbenutzbare Trinkflasche, wie grundsätzlich immer, aber das Thema Nachhaltigkeit will ich jetzt nicht thematisieren. Sonst immer gern, aber nicht in diesem Moment.

„Dann mache ich mich mal auf den Weg", sage ich, schiebe die Flasche in meine Tasche und rutsche auf der Sitzfläche meines Stuhls nach vorn. „Ich will mir alles ansehen. Markusplatz, Dogenpalast, Bu..., Mu... äh ... die

Insel mit den Glasbläsern …" Mehr fällt mir zu Venedig gerade nicht ein. „… einfach alles!"

„Eine gute Idee. Unsere Serenissima ist die schönste Stadt der Welt!" Cesare nickt. Trotz seines großväterlichen Lächelns vermittelt er immer noch den Eindruck, mir gegenüber wachsam zu sein. Mit einem deutlichen Hauch Misstrauen. Hat er schlechte Erfahrungen mit Ferienwohnungsgästen gemacht? Gab es Langfinger unter ihnen? In dem Apartment gibt es nichts, was man klauen könnte – keine Bilder an der Wand – außer dem vom Papst, aber wer das klaut, fährt schnurstracks in die Hölle –, keine geklöppelten Deckchen auf dem Nachttisch, nichts. Aber vielleicht gab es ja mal eine Menge Schnickschnack, den die Gäste sukzessive haben mitgehen lassen? Und die jetzige minimalistische Schlichtheit ist allein moralisch verkommenen Touristen zuzuschreiben?

„Bevor Sie gehen, müssen Sie etwas essen." Er schiebt mir den Teller mit dem Cornetto entgegen. „Essen Sie, essen Sie!"

Weil ich nach dem Cichettigenuss von gestern Abend sofort ins Bett gegangen und ja auch mehr oder weniger gleich eingeschlafen bin, gab es Verzögerungen im Verdauungsprozess. In meinem Magen wartet noch eine Restfüllung aus Knoblauchpaste und Wurst auf den Weitertransport in den Darmtrakt. Folglich bin ich nicht hungrig. Dafür aber immens gut erzogen. Obwohl meine innere Stimme sagt: „Lehne ab!", lange ich zu und beiße in das Cornetto. Was ich gleich darauf bedauere: Das Ding hat eine Nusscreme-Füllung.

Die tropft.

Helle Blusen wollen bei mir immer mitessen. So auch an diesem Morgen. Die Füllung kleckert mir auf die Knopfleiste.

Wenn du nicht auf deine innere Stimme hörst, wirst du immer sofort bestraft, denke ich. *Na gut, macht nichts, dann schließe ich einfach den Blazer. Das fällt niemandem auf.*

Als ob ich bei dieser Hitze mit geschlossenem Blazer auch nur fünf Minuten überleben könnte.

Nach einem zweiten Happs ist das Cornetto gegessen. Und der zweite Espresso getrunken.

„Grazie", sage ich. Aus Höflichkeit. Und aus Dankbarkeit. Ich kann mich nicht erinnern, jemals ein so köstliches Mini-Croissant mit Füllung gegessen zu haben.

Weil Cesare jetzt direkt vor den Dogenköpfen sitzt und auch so streng schaut wie der Doge, fällt mir die Ähnlichkeit auf.

„Sind Sie der Nachfahre eines Dogen?", frage ich also.

Cesare lacht. Schlagartig wirkt er fröhlich. „Aber nein! Wir Foscarellis haben nie einen Dogen gestellt, und das ist auch gut so." Er wischt den Gedanken mit einer Handbewegung zur Seite. „Wussten Sie, dass sich manch ein Doge durch dieses Amt finanziell ruiniert hat? Wer zum Dogen gewählt wurde, musste in den Dogenpalast ziehen und durfte seinen Geschäften nicht weiter nachgehen. Doge sein war wie Papst sein, nur teurer, weil man alles selber bezahlen musste. Und wenn man in der Familie niemanden hatte, der sich mit ebenso viel Geschäftssinn wie man selbst um alles kümmerte, war man in Nullkommanichts pleite." Er sieht zu Marco und seufzt. Offenbar hat er da eigene Erfahrungen. Ob er fürchtet, dass Marco das Dogengipskopffamiliengeschäft nicht erfolgreich weiterführen wird, wenn er selbst einmal nicht mehr da ist? Angesichts von Marcos stummer Säulenhaftigkeit fürchtet er das meiner Meinung nach zu Recht: Unternehmer brauchen Kommunikations-Skills.

„Ja, ich sollte dann los." Ich stehe auf. „Wie komme ich denn von hier aus zum Markusplatz?"

„Rechts dem Kanal folgen, dann links über die Brücke und immer den Touristenströmen nach."

Die Fröhlichkeit, die eben aus seinen Augen geblitzt hat, ist schon wieder verflogen. Sein Blick ist schwer zu deuten. Abschätzend?

„Lassen Sie sich Zeit. Alle Zeit der Welt. Die Serenissima will mit Muße erkundet werden."

Er winkt mir mit der Rechten zu. Royal. Einen Ticken zu royal. Wie Hape Kerkeling als Königin Beatrix. Meine Audienz ist beendet.

Cesares Tipp ist Gold wert. Ich hatte ihn zwar im Verdacht, mich nur mit einer Floskel abzuspeisen, aber nach einmal rechts und einmal links befinde ich mich in einer Gruppe Bermudashortsträgern mit Fotoapparaten um den Hals, der ich entlang der malerischen kleinen Steinhäuser – alle mit Blumenkästen vor den Fenstern, aus denen es bunt herausblüht – folge. Nur deshalb verlaufe ich mich nicht in unergiebige Randzonen der Insel, sondern stehe kurz darauf an der Stelle, wo der kleine Seitenkanal der Via Dolorosa in einen richtig großen Kanal mündet. „Ah, der berühmte Canale Grande!", seufze ich wohlig. Natürlich nicht laut. Mehr so in mich hinein. Eine Brücke über den vielbefahrenen Großkanal gibt es hier nicht, aber eine Menschenmenge.

Mehrere Carabinieri halten schmuddelige graue Filzdecken hoch. Was immer dort zu sehen ist, es soll den Blicken der Gaffer vorenthalten werden.

Von fern rast ein Motorboot mit dudelnder Sirene heran.

Einer der Bermudamänner fragt mit deutlich amerikanischem Akzent: „Was ist denn hier los?"

Jemand antwortet: „Man hat eine Leiche gefunden. Ich glaube, sie hat sich in einer Schiffsschraube verfangen. Soll schlimm aussehen!"

Die Bermudajungs fangen an, wie wild zu knipsen. Sie sind in ihrem Katastrophentourismus nicht allein. Ein regelrechtes Knipskonzert ertönt. Auf den Fotos wird man allerdings nicht viel sehen können – die Decken tun ihren Zweck und schirmen die Leiche blickdicht ab.

Herrje, denke ich und gehe zügig weiter, um nicht in den Verdacht zu geraten, auch eine Gafferin zu sein.

So schnell kann es aus und vorbei sein, denke ich weiter. Was, wenn ich einmal in eine Schiffsschraube gerate? Oder – Schiffsschrauben sind ja in München eher seltener – unter einen Bus? Was würde dann in meinem Nachruf stehen? War immer gewissenhaft und arbeitsam? Wie in einem Arbeitszeugnis, das ich Petrus vor der Himmelspforte in die Hand drücke? Ich habe in meinem Leben immer „funktioniert". Aber soll das alles gewesen sein? Vielleicht ist das mit Hagen mein Weckruf?

Machen wir uns nichts vor: Ich war doch schon seit Jahren nicht mehr wirklich glücklich. Lief nur wie auf Autopilot. Erst Ausbildung, dann Aufbau der Kanzlei. Ich war stets im Einsatz für meine Kunden. War meinem Partner eine verlässliche, wenn auch keine leidenschaftliche Gefährtin. Habe nie Schulden gemacht und nur ein einziges Mal einen Strafzettel bekommen, aber das war allein der mangelnden Kulanz der Ordnungshüterin geschuldet – ich stand definitiv mehr als die vorgeschriebenen fünf Meter hinter den Schnittpunkten der

Fahrbahnkanten! Vielleicht nur zehn Zentimeter mehr, aber mehr als fünf Meter!

Doch in einer Stadt wie Venedig kann man nicht länger als zehn Minuten in Grübeleien verfallen. Das Plätschern des Wassers, die unglaubliche Schönheit der Paläste, selbst die Pflastersteine, von denen jeder einzelne Geschichte ausatmet – in diesem Moment verstehe ich, was die Redewendung *es gehen einem die Augen über* bedeutet. Ich kann gar nicht so schnell schauen, wie sich ein faszinierendes Detail nach dem anderen präsentiert. Und ich kann einfach nicht anders, als in dieser Herrlichkeit zu schwelgen. Eine blau-weiß-rote Madonna steht in einer Nische in einer Hauswand. Ich bin nicht religiös, aber es fasziniert mich, dass jemand frische Blumen zu ihren Füßen abgelegt hat. Und alle Klingelknöpfe an den Haustüren haben die Form von Löwenköpfen. Mit mächtiger Mähne. Wie süß ist das denn?

Ich lasse mich treiben.

Vorbei an Cafés und Geschäften, die gerade zum Leben erwachen. Ladenbesitzer schließen Türen auf und kurbeln Rollläden hoch, Lieferdienste schieben Handwägen durch die engen Gassen. Erstaunlich viele Hunde laufen ohne Leine an mir vorbei. Die Besitzer und Besitzerinnen tauchen auch irgendwann auf, einander grüßend oder am Handy daddelnd. Manchmal bleiben die Hunde stehen und bellen einmal laut auf, als wollten sie Frauchen oder Herrchen antreiben, doch gefälligst schneller zu folgen.

Ich lasse mich von den bunten Auslagen der Schaufenster oder wahlweise einer besonders hübschen Fassade aus meinen Gedankenspiralen reißen. Das ist doch schonmal ein Anfang: das Hier und Jetzt genießen.

Es ist Mittwoch, ein Arbeitstag, aber alles hier strahlt so ein lässiges *je ne sais quoi* aus. Nein, korrigiere ich mich, falsche Sprache. Ein *dolce far niente*.

Ohne Handy und Armbanduhr kann ich die Zeit nur schätzen. Aber eine gute halbe Stunde bin ich bestimmt schon unterwegs, als ich merke, wie heiß mir ist. Da ist sie wieder, diese sumpfig-feuchte Hitze. Fällt gewissermaßen von hinten überraschend über mich her. Im Nu bin ich klatschnass durchgeschwitzt. Ich schäle mir den Blazer von den Schultern, da fällt mir wieder ein, dass ich befleckt bin. Ein Blick nach unten auf meinen Busen bestätigt: Es sieht schlimm aus! Ich kann gar nicht aussprechen, an was man bei diesem braunen Nusscreme-Klecks erinnert wird ...

Doch plötzlich empfinde ich etwas, das ich so noch nie erlebt habe. Ein Gefühl von „Mir doch schnurz!".

Ich bin in Venedig. Niemand hier kennt mich. Niemand hier achtet auf mich. Dazu gibt es viel zu viel überwältigend Schönes zu sehen.

Ich lege meinen Blazer über den Arm, an dem meine Tasche baumelt. So kann kein Langfinger ins Tascheninnere greifen.

Ich fühle mich wie beseelt, hole tief Luft und flaniere weiter.

Und ehe ich mich versehe, gehe ich tatsächlich auf eins der ikonischen Wahrzeichen der Stadt zu: auf die Rialto-Brücke.

Rialto!

Sprechen Sie das mal laut aus! Es zergeht einem auf der Zunge. Ein betörendes Wort. Bislang kannte ich *Rialto* nur als Namen der Eisdiele bei uns um die Ecke. Gut, da zerging mir das Vanilleeis auf der Zunge. Aber der Name entfaltet erst hier seine ganze Brillanz.

Ich glaube, erst in diesem Augenblick realisiere ich wirklich, wo ich gerade bin. An einem magischen Ort, der all die Jahre meines Lebens nur ein „Müsstest du auch mal hin"-Gedanke war.

Und jetzt stehe ich hier.

Ich kann auch nicht anders. Weil sich zu viele Menschen gleichzeitig auf die Brücke schieben wollen, gibt es einen Verkehrskollaps, und es geht erstmal nicht weiter.

Links entdecke ich ein Schild: „Rialto Market". Sofort schere ich aus.

Hier ist es auch voll, aber nur die übliche Wochenmarkt-Geschäftigkeit, garniert mit ein paar touristischen Food-Lovern. Italienische Mamas und Nonnas stehen ebenso an wie Urlauber und Möwen. Wenn ich Möwe wäre, würde ich auch darauf warten, am Fisch-Stand ein Schnäppchen machen zu können. Die Männer mit den Gummischürzen und -handschuhen scheuchen sie zwar regelmäßig weg, aber dennoch gibt es genug Möwen, die sich zwischen den Fischen niederlassen und sich mit dem Schnabel einen greifen. Oder wenigstens kurz drüberlecken. Ich nehme mir vor, meine Wegzehrung für später nicht an Freiluftständen, sondern in einem der umliegenden Läden zu besorgen.

Was ich gleich darauf auch tue. Ich erstehe ein Sandwich, in Plastik eingewickelt. Es wandert zu der Plastikflasche in meiner Tasche.

Dann drehe ich mich um und sehe die Rialto-Brücke in voller Schönheit von unten. Wenn ich jetzt ein Handy bei mir hätte, würde ich ein Selfie machen. Aber mein Handy liegt ja immer noch unaufgeladen auf dem Nachttisch. Dann muss ich mir diese Aussicht eben so in die Netzhaut einbrennen und den Moment ganz analog genießen.

Ich bedaure all diejenigen, die schon als Kinder mit der Familie an diese faszinierenden Orte der Weltgeschichte reisen durften. Meine alleinerziehende Mutter und ich haben, wenn überhaupt, Urlaub bei der Oma am Bodensee gemacht. Auch sehr schön, keine Frage. Aber das hier ... ist nicht von dieser Welt. Überirdisch schön. Und ich bin froh, dass ich nicht mit einem „Schon wieder Venedig"-Gefühl hier stehe und meine prägendste Erinnerung an die Stadt der Moment ist, als mein Bruder mir meine Eiskugel aus der Waffel schlug, ich aber trotzdem kein neues Eis bekam. Oder etwas ähnlich Profanes.

Ich fühle mich ... *giddy*, nennt man es im Englischen. Überschäumend happy und lockerleicht, als ob zehn Kilo mal eben so von mir abgefallen wären. Wobei, eigentlich sind ja fünfundachtzig Kilo namens Hagen von mir abgefallen.

Das ist doch ein Zeichen, oder? Dass ich so überhaupt kein bisschen traurig bin. Immer noch nicht. Mein Leben, so wie ich es kannte, ist vor meinen Augen zerbröselt, aber ich fühle nichts anderes als ... Freiheit.

Insgeheim muss ich doch schon lange gewusst haben, dass etwas im Argen lag. Ich hatte ja auch oft Migräne. Und Lustlosigkeitsgefühle – bei der Arbeit, beim Essen, beim Sex. Wenn man unglücklich ist, hinterlässt das Spuren. Es gibt kein richtiges Leben im falschen.

Ehrlich, in diesem Augenblick hätte ich mich tutti kompletti von meinem Leben zu Hause verabschieden können. Ich würde absolut gar nichts vermissen. Außer vielleicht mein Kaltschaumkissen. Und die Skype-Gespräche mit Gisi.

Und nein, das ist kein suizidaler Abgesang. Nur eine faktische Feststellung.

Auf der Brücke kommt die Woge an Leibern wieder in Bewegung. Ich will mich einreihen, da sehe ich aus den Augenwinkeln eine Haltestelle für die Vaporetti, also die Wasser-Busse, die einen durch die Stadt tragen. Das weiß ich von Gladys, die mir erklärt hat, wie ich durch die Stadt komme, wenn ich nicht laufen mag.

Kurzes In-mich-Gehen: Will ich auf der Welle der Leiber wie Treibgut in Richtung Markusplatz geschwemmt werden und dabei in der Hitze der Sonne und der aufgebackenen Mitmenschen immer mehr zerfließen?

Nein!

Ich lasse mir von einer versiert wirkenden Schweizer Touristin, die ich wegen ihrer *I-love-Zurich*-Tasche auf Deutsch angesprochen habe, das System erklären und kaufe mir eine Drei-Tages-Karte. Damit kann ich heute und morgen beliebig unterwegs sein, und spätestens übermorgen muss ich ohnehin wieder nach Hause. Das Leben muss ja weitergehen. Und bis dahin weiß ich bestimmt auch, was ich als Nächstes tun will: Klartext mit Hagen reden, eine neue Bleibe suchen, vielleicht aus der Firma aussteigen, keine Ahnung.

Ich bleibe auf dem Oberdeck des Vaporetto stehen, um mir den Fahrtwind durch die Haare wehen zu lassen. Schulterlange Haare offen zu tragen, ist bei der Hitze dumm – es bildet sich eine Wasserlache im Nacken, die dann in steten Strömen den Rücken hinunterfließt.

Das Vaporetto ist außerdem voller als eine Sardinendose. Der muskulöse Einwinker am Eingang des Bootes winkt mich nach unten und ruft etwas, das vermutlich „Weitergehen, aber hoppla!" bedeutet, denn um mich herum setzen sich alle in Bewegung. Unter Deck ist es noch heißer als draußen, es herrschen Temperaturen wic in einem Backofen. Als ich an den Biennale-Gärten aussteige, bin ich folglich kross gebacken.

Ganz automatisch bewege ich mich in Richtung Grün, suche mir eine leere Bank im Schatten und lasse mich erschöpft nieder. Gut, dass Cesare mir eine Wasserflasche mitgegeben hat. Ich esse auch gleich das Sandwich, weil ich mir denke, dass es bei der Hitze sonst „kippt". Ich bin eine große Befolgerin von Haltbarkeitsdaten. Worüber sich Hagen immer gern lustig gemacht hat. Dafür hatte er auch schon zwei Mal eine Lebensmittelvergiftung, und ich noch nie. Während ich hier so sitze, frage ich mich allen Ernstes, was ich jemals in ihm gesehen habe. Ich finde keine Antwort. Außer vielleicht, dass er der Erste war, der sich jemals ernsthaft für mich interessiert hat. Nicht, weil er in mir die Liebe seines Lebens sah, sondern die perfekte Ergänzung für die Steuerkanzlei, die immer schon sein Traum gewesen war.

Ich atme tief aus.

Hier auf meiner Bank, mit Blick auf das Blau der Lagune, umfängt mich eine zarte Brise. Das und der frisch gefüllte Magen lassen mich gleich viel wohlwollender aus der durchgeschwitzten Bluse schauen.

Jetzt erst bemerke ich das Vibrieren der Luft durch die Rufe von Hunderten von Zikaden. Ach was, Tausende von Zikaden. Etwas, das ich noch nie live gehört habe.

„Wie schön", entfleucht es mir.

Wer sich freut, will das ja gern teilen, aber ich bin ganz allein in diesem Teil der Gärten. In weiter Ferne führt ein Rentner seinen Dackel Gassi – an der Leine, darum halte ich ihn für einen Touristen –, ein paar Kinder spielen weiter links, während die erwachsene Begleitperson am Handy telefoniert, und schräg rechts sitzt ein gut aussehender junger Mann in einem offenbar maßgeschneiderten weißen Leinen-Anzug.

Meine Güte, was sind das hier alles für schmucke Kerle, seufze ich innerlich. Und denke gleich darauf an Herrn Rossi, der bei uns um die Ecke die Pizzeria betreibt und der aussieht, als wäre er selbst sein bester Kunde. Er hat einen wild behaarten Rücken, ähnlich wie Marco Foscarelli, Cesares Sohn, trägt aber trotzdem immer Tank-Tops, weil es vor dem Pizzaofen sonst zu heiß ist. Ein Grund, warum ich grundsätzlich den Lieferservice nutze, nie die Selbstabholung.

Womöglich behalten die hier in Italien die besonders heißen Exemplare an männlicher Schönheit im Land.

Sofort bekomme ich ein schlechtes Gewissen. Aus alter Gewohnheit. Weil ich mich eine Sekunde lang noch in einer monogamen Beziehung wähne. Bevor das Teufelchen auf meiner Schulter lästert: Der Zug ist abgefahren – dein Hagen hat sich als Co-Sharing-Immobilie erwiesen, die du mit deiner Nachbarin teilst; da kannst du dich ruhig auch aushäusig umschauen. Nicht nur zum Appetitholen, auch zum Essen.

Ich stehe abrupt auf und marschiere den Einflüsterungen des Teufelchens davon. So bin ich nicht. So will ich auch nicht werden. Falls ich bis übermorgen zu dem Schluss komme, dass Hagens Untreue für mich das Aus bedeutet, dann sage ich ihm das und sorge für ein ordentliches Ende unserer Beziehung. Bis dahin halte ich mich an meine Regeln.

Sollte ich mich von ihm trennen, werde ich erstmal eine Zeitlang allein bleiben. Um mein Leben wieder auf die Reihe zu kriegen. Das Kind in mir muss erstmal Heimat finden. Danach kann ich ja nochmal herkommen und mich an den Leckerschnitten auf dem Charcuterie-Brett namens Venedig bedienen.

Von weitem sehe ich jetzt den Turm der Markuskirche. Er weist mir den Weg.

Der Weg zum Markusplatz ist allerdings eine echte Tortur von mittelalterlichen Folter-Ausmaßen. Es gibt nirgends Schatten, und mein Businesskostüm ist schick, aber für diese Temperaturen ungeeignet. Am liebsten hätte ich meinen Blazer entsorgt, so heiß liegt er mir über dem Arm.

Je näher ich dem Markusplatz komme, desto mehr Menschen sind um mich herum. Kurz vor dem Ziel bleibe ich einfach stehen. Ich bekomme tatsächlich Panik angesichts der Menschenmassen. Oder ich stehe kurz vorm Hitzschlag, weil ich natürlich auch keinen Sonnenhut dabeihabe. Immerhin sehe ich an einer der Souvenirbuden am Kai eine Auswahl an Scrunchies. In den Farben Italiens beziehungsweise mit dem venezianischen Wappen-Löwen bedruckt, folglich nicht schön, aber egal: Hauptsache, es kommt wieder Luft an meinen Nacken.

Während ich mir die Haare zum Dutt hochbinde, sehe ich, dass man ein paar Schritte weiter Gondeln mieten kann.

Das wär's doch – eine Gondelfahrt. Gut, alle, die an der Kasse anstehen, sind zu zweit, aber davon lasse ich mich nicht einschüchtern. Fahrt ihr nur zu zweit, kuschelt euch aneinander – in spätestens acht Jahren kommt ihr nach Hause, und euer Gondelpartner rammelt die Nachbarin.

„Gondola for one", sage ich, als ich endlich an der Reihe bin.

Als mir die nette Dame hinter dem Tresen sagt, was mich das kostet, werden mir die Knie weich. Ich bin sonst sehr sparsam. Da können Sie jeden fragen. Nicht geizig, aber schon von Berufs wegen immer auf ein ordentliches Preis-Leistungs-Verhältnis bedacht. Und immer das Budget im Blick.

Doch vielleicht ist gerade das mein Fehler. Vielleicht sollte ich lockerer werden, mir auch mal was gönnen. Ich zücke meine Kreditkarte.

Und halte inne.

Es ist eine Firmenkarte. Weil ich ja zu einem Beratungsgespräch mit einem Kunden unterwegs war, hatte ich meinen Geschäftsgeldbeutel dabei. Mit der Firmenkarte. Ich will aber nicht, dass Hagen – der natürlich auch Einsicht in das Kreditkartenkonto hat – jetzt schon herausfindet, wo ich bin. Mir womöglich nachgefahren kommt. Nein, dieser Tag gehört mir!

Ich stecke die Kreditkarte wieder ein. An Bargeld habe ich nur knapp über hundert Euro dabei. Das reicht nicht. Bei weitem nicht.

„Äh ...", stottere ich, den Verkehr aufhaltend.

Aber der Mann direkt hinter mir ist nicht böse. Im Gegenteil.

„Darf ich mir erlauben, Sie auf eine Gondelfahrt einzuladen?"

Man kann wohl behaupten, dass ich noch nie so dumm aus der Wäsche geguckt habe wie in diesem Moment. Ich bin eine Astrid und sehe auch so aus – Frauen wie ich werden nicht von fremden Männern zu Gondelfahrten eingeladen.

Er ist nur einen Ticken kleiner als ich, hat gletscherblaue Augen, die verschmitzt funkeln, trägt einen weißen Leinen-Anzug und einen weißen Hut, der ihm verwegen schräg auf dem vollen, lockigen Haupthaar sitzt.

Ist das der Mann aus den Biennale-Gärten? Nein, er hier ist deutlich älter. So alt wie ich. Plus minus fünf Jahre. Und exorbitant elegant. Cesare-elegant. Hier in

Venedig gibt es offenbar nur zwei Arten von Männern: die Cesares und die Marcos.

Eine goldene Uhr blitzt an seinem Handgelenk auf, als er die Finger zum Gruß an seine Hutkrempe hebt und samtig raunt: „Sie erlauben es doch, bitte?"

„Äh ..."

Wenn mir im wirklichen Leben Dinge passieren, die ich sonst nur aus Hollywood-Filmen kenne, wirkt sich das offenbar negativ auf meine Fähigkeit aus, mich zu artikulieren.

„Ich habe keinerlei Hintergedanken. Ich möchte nur, dass Ihnen der Aufenthalt in meiner geliebten Heimatstadt unvergesslich wird."

Ich kneife mich – hoffentlich unauffällig – in den Unterarm. Dann kommt mir die Idee, dass Taschendiebe sich so verhalten. Möglicherweise lenkt er mich oben ab, während unten, in Höhe meiner Handtasche, ein Knabe oder ein Kleinwüchsiger mir das Geld aus der Tasche raubt. In vielerlei Hinsicht ein saublöder Gedanke von mir, weil ich den Geldbeutel aus der Tasche genommen habe und jetzt in der Hand halte, aber trotzdem presse ich meine Handtasche schlagartig an die Brust.

Er versteht das miss. „Nein, bitte, haben Sie keine Angst. Ich bin einfach nur Vollblutitaliener: Wenn ich nicht ab und zu einer schönen Frau eine Freude machen kann, wozu lebe ich dann überhaupt?"

Ich schaue zu der Frau hinter dem Tresen. Passiert das hier öfter? Aber nein, sie schaut genauso entgeistert wie ich. Und einen Touch neidisch.

„Ich weiß nicht recht ... es ist doch sehr wellig."

Damit meine ich den Wellengang. Venedig liegt, das vergisst man gern, am Meer. Und was die Lagune da gerade bietet, ist kein sanftes Badewannenplätschern.

„Sie müssen keine Angst haben, unsere Gondolieri bringen Sie sicher ans Ziel. Auch wenn Sie des Schwimmens nicht mächtig sind, dürfen Sie sich ihnen getrost anvertrauen."

Sein Englisch klingt verschwurbelt. Bestimmt stammt er aus einer feinen venezianischen Familie und hat an einer renommierten Uni im Ausland studiert.

„Ich kann schwimmen!", erkläre ich, weil mir plötzlich wichtig ist, dass er mich nicht für lebensunfähig hält, auch wenn ich verbal diesen Eindruck vermittle.

„Gut! Erst gestern ist nämlich wieder jemand im Kanal ertrunken. Tragisch. In Cannaregio."

Weil ich keine Ahnung habe, wer oder was Cannaregio ist, lächle ich nur unverbindlich und schaue erneut zu der Frau hinter dem Tresen. Sie starrt meinen Gönner nachgerade hypnotisiert an und ist bereits dahingeschmolzen. Nicht vor Hitze, vor lauter Schmacht. *Was für ein Mann!,* lese ich aus ihrem Wimpernklimpern.

„Meine Güte, jetzt lassen Sie sich doch einladen, damit es endlich weitergeht!", ruft eine Touristin genervt. Natürlich eine Deutsche. Auf Deutsch.

„Ja dann ... vielen Dank. Das ist ... sehr nett von Ihnen", flöte ich. Er nimmt meine Hand, löst sie von der Handtasche und zieht sie an seine Lippen. „Es ist mir ein Vergnügen!"

Ein Helfer in Matrosenhemd und Strohhut schiebt mich zu einer der Gondeln und hilft mir beim Einsteigen.

Das ist nicht so einfach, wie man denken könnte, und nicht nur, weil das Ding schwankt. Ich setze mich auf die gepolsterte Bank zu Füßen des Gondoliere.

„Ich bin Bappi", sagt der.

„Ich bin Astrid", sage ich automatisch. Was Bappi aber nicht interessiert, er stößt die Gondel mit dem Ruderblatt bereits vom Kai ab.

Eine Sekunde lang komme ich mir vor wie die Heldin aus einem Abenteuerfilm – aufregend schön, geheimnisvoll. Ein Fremder hat mich zu einer Gondelfahrt eingeladen. Gondelfahrten sind teuer. Ich bin nicht länger die langweilige Durchschnitts-Astrid, ich bin eine Femme fatale, für die man mal eben einen dreistelligen Euro-Betrag opfert!

Ich habe das Gefühl, dass dies ein Wendepunkt ist. Von nun an wird mein Leben eine völlig andere, aufregende Richtung nehmen.

Und gleich darauf denke ich, dass mein Leben nun vorbei ist, denn wir geraten in das Kielwasser eines vorbeirasenden Motorboots. Sogar Profi Bappi schimpft und wirft mit Kraftausdrücken um sich. Es klingt wie „Vaffanculo!" und „Stronzo!", aber die Details bekomme ich nicht mit, weil ich mit plötzlich einsetzender Seekrankheit zu kämpfen habe.

Allerdings bemerke ich trotz Schiffsschaukel Deluxe noch, dass mein Wohltäter sich nicht in die nächste Gondel setzt, um mir nachzugondeln, sondern zügig in Richtung Markusplatz davongeht.

Im Sommer stinken die Kanäle. Hört man immer wieder. Das ist Quatsch. Wir haben ordentlich Niedrigwasser, aber es stinkt kein bisschen. Zumindest nicht nach Algen oder Fischlaich. Höchstens nach mir. Das ist der Knoblauch-Bombe von gestern Abend geschuldet.

Nachdem Bappi mich in einen der ruhigen, wellenlosen Seitenkanäle gelenkt hat, empfinde ich schlagartig schon wieder ein noch nie erlebtes Glück. Vielleicht, weil ich gerade dem Wassertod entronnen bin. Oder weil so eine Gondelfahrt in einem stillen Seitenkanal das Schönste ist, was es auf der Welt gibt. Dieses sanfte Dahingleiten, das leise Plätschern. Das satte Grün des Wassers, das Rot der Geranien in den unzähligen Blumenkästen an den Fenstern, das Blau des Himmels über den Häuserschluchten. Es ist ein Traum. Nur in wahr.

Hin und wieder kommt uns eine andere Gondel entgegen, und Bappi ruft dem Gondoliere einen Gruß zu. Sie scheinen sich alle zu kennen und zu mögen.

Wir kommen sogar an einer Gondel vorbei, in der jemand mit einer Quetschkommode sitzt und eine vertraute Weise aufspielt. Ich kann zwar nicht mitsingen, aber automatisch wippt mein Fuß.

Ich lehne mich auf meiner Sitzbank zurück, breite beide Arme aus und sauge die Vollkommenheit dieses Glücks-Moments in mich auf. Jede Zelle meines Körpers macht ein Freudentänzchen, auch wenn sich nach außen sichtbar nur meine Mundwinkel bewegen. Die gehen nach oben.

Es ist gut, dass ich diesen Augenblick genieße. Es wird nämlich vorerst mein letzter Moment vollkommener Glückseligkeit bleiben ...

Wer wandert in der größten Mittagshitze durch die Gassen von Venedig? „Only mad dogs and Englishmen", möchte man Nocl Coward zitieren. Aber es sind beileibe nicht nur Engländer – die Verrückten kommen aus allen Ecken und Enden der Welt, übrigens auch aus Italien, weil da gerade Schulferien sind.

Es ist erstaunlich, aber als mich Bappi nach fast einer Stunde wieder am Ausgangsort absetzt, habe ich mich temperaturtechnisch schon fast ein bisschen akklimatisiert.

Denke ich. Ist aber falsch.

In den sanften Bewegungen der Gondel, nur wenige Zentimeter über dem Wasserspiegel, lässt es sich natürlich trefflich aushalten. Aber wie ich jetzt im Hotspot vor dem Markusplatz stehe, über den sich Tausende Touristen wie ein einziger großer Organismus schieben, wird mir wieder klar, dass ich mich in einem Backofen befinde.

Da hilft nur ein klimatisiertes Gebäude.

Der Dogenpalast böte sich an. Aber die Schlange vor dem Ticketschalter ist kilometerlang. Nein, das ist keine Übertreibung. Jemand näselt im Vorbeigehen schadenfroh: „Tja, hätten die alle ihr Ticket auch mal online vorbestellt, so wie wir."

„Du bist wunderbar, Schatzi. Dank dir müssen wir nicht anstehen."

Die Frau an der Seite des schadenfrohen Näselers klingt so andächtig bewundernd, als hätte er ein Heilmittel gegen den Krebs gefunden.

Die beiden haben aber nicht Unrecht – in der prallen Sonne mutmaßlich eine Stunde und länger anzustehen, das ist kein sehr prickelnder Gedanke. Im Gegenteil, es ist ein Grill-Rezept. Ich entscheide mich dagegen.

Und halte Ausschau nach meinem Wohltäter. Im Gewimmel kann man einzelne Menschen gar nicht richtig ausmachen, aber auf der Seite mit den Cafés wandert mein Blick die Gesichter der Leute an den Außentischen ab. Nein, kein Mann im weißen Leinenanzug. Schade eigentlich. Habe ich nicht eben noch gedacht, dass ich erstmal das keusche Leben einer Nonne führen möchte? Sei's drum, denke ich, Liebe ist wie Reiten: Wenn man vom Pferd fällt, sollte man sofort wieder aufsteigen, damit sich die Angst nicht festfrisst. Statt eines Hagen einfach ein ... äh ... Humberto?

Da höre ich hinter mir eine Frauenstimme rufen: „So, da wir jetzt vollzählig sind, begeben wir uns zum Peggy-Guggenheim-Museum. Folgen Sie mir!"

War Peggy nicht eine der Ehefrauen von Cary Grant? Ich liebe Cary Grant!

Wenn ich ein Talent habe – Musik, Sport, Auswahl an Lebenspartnern gehören gesichert nicht dazu –, dann ist es meine analytische Denkfähigkeit. In Krisensituationen sekundenbruchteilschnell zu entscheiden, welche Vorgehensweise am meisten Sinn macht.

Damit meine ich nicht so verrückte Entscheidungen wie in den Zug zu steigen und nach Venedig zu fahren. Das war keine Krisensituation, sondern eine Ausnahmesituation. Mit Krise meine ich, wenn kurz vor der Steuerabgabe noch auf den letzten Drücker Bilanzen überprüft und korrigiert werden müssen und der Kollege wegen Krankheit ausfällt.

Wenn ich keinen Leinenanzugträger anflirten kann, dann könnte ich doch zumindest in die Fußstapfen einer Hollywoodlegende treten, finde ich.

Also folge ich spontan der kleinen Gruppe, die aus einer Reiseleiterin und sechs Seniorinnen besteht. Und das ist auch gut so: Allein hätte ich mich in diesem wimmelnden Schmelztiegel, der die Vaporettohaltestelle Markusplatz an einem Sommermittag ist, niemals zurechtgefunden.

Ich folge noch nicht mal mit Abstand, weil eh so viele Menschen unterwegs sind, dass die Frauen gar nicht mehr wahrnehmen können, dass ich ihnen folge. Und ein Außenstehender würde vermutlich denken, dass ich die Pflegekraft bin, die dabei ist, falls eine der alten Frauen einen Hitzekollaps bekommt und wiederbelebt werden muss.

Die alten Damen kriegen wie angenommen nichts von mir mit. So wie ich nichts davon mitkriege, dass ich ebenfalls verfolgt werde …

Ich steige mit der kleinen Gruppe aus, lausche, wie die Reiseleiterin amüsante Anekdoten über Dorsoduro erzählt, den Sestiere, also Stadtteil, in dem wir uns befinden, und schlängele mich hinter ihnen durch die megaschmalen Gässchen bis zum Peggy-Guggenheim-Museum.

Peggy Guggenheim, so dachte ich, war die megareiche fünfte oder sechste Ehefrau von Cary Grant. Völlig falsch, wie ich im Museumsshop lerne, den ich als Erstes betrete, weil da am wenigsten los ist. Von den Gemälden im Museum wird mir nichts in Erinnerung bleiben – mein Geschmack in Sachen Kunst ist eher bodenständig-unmodern –, aber die hinter dem Museum befindliche Skulptur von Marino Marini auf der Canal-Seite amüsiert mich ohne Ende: ein lebensgroßer Bronzereiter mit erigiertem Penis. Letzteren konnte das Personal von Peggy abschrauben, wenn hoher oder moralinsaurer Besuch kam. Wo haben die den Bronzepenis so lange abgelegt? Hatte er sein eigenes, mit Samt ausgelegtes Schächtelchen?

Weil es im Museum so voll ist, setze ich mich auf eine Bank im Garten. Durch den man auch gehen muss, wenn man zum Ausgang will.

Eine der alten Damen aus der Gruppe, mit der ich mich habe hierher schwemmen lassen, kommt auf mich zu. „Wir gehen jetzt. Wollen Sie wieder mitkommen?"

Von wegen, die Alten hätten nichts gemerkt.

Mit hochrotem Kopf springe ich auf. „Ich wollte nicht …"

Sie zwinkert mir zu.

Wir schlängeln uns durch die vollen Gassen zurück zur Vaporetto-Haltestelle, und ich erfahre, dass die Frauen allesamt Witwen sind und schon seit Jahren gemeinsam in Urlaub fahren. Am Vaporetto-Anleger trennen sich allerdings unsere Wege.

Die Reiseleiterin schaut mich streng an, und ich gebe ihr fünf Euro Trinkgeld.

Mit dem völlig überfüllten Vaporetto der Linie 1 fahre ich bis zum Bahnhof, weil ich von da aus weiß, wie man zu Fuß in die Via Dolorosa kommt. Unterwegs sehe ich linker Hand einen Spar-Laden. Und weil mich das an daheim erinnert und ich denke, dass ich mich darin bestimmt zurechtfinden werde, erledige ich meinen Verpflegungseinkauf. Wasser, noch mehr Wasser, drei Becher Zitronenjoghurt und zwei in Plastik eingeschweißte Wassermelonen-Hälften. Die Liebe Italiens zu Plastik ist mir unbegreiflich. Die junge Frau an der Kasse gibt mir auch noch einen Plastiklöffel mit. Für den Joghurt. Ich will schon ablehnen, da fällt mir ein, dass meine Ferienwohnung bei Cesare keine Küchenzeile hat. Und um den Joghurt nur mit der Zunge herauszuschlecken, sind die Becher zu schmal und zu tief.

Aus dem frostig heruntergekühlten Supermarkt in die feuchte Hitze der Gasse zu treten, ist ein Schock der besonderen Art. Von wegen akklimatisiert – mir wird blümerant. Ich muss mich auf ein paar Treppenstufen setzen, die zum Canale Grande führen. *Canal Grande*, korrigiere ich mich innerlich. Aber alles in mir wehrt sich gegen die korrekte Form. Canale, das klingt einfach schöner. Melodischer. Für mich heißt der so. Basta!

Auf der Treppe sitzen noch Dutzende andere Touristen, wie bei einem Sit-in. Alle trinken Wasser, nur ich schaufele zusätzlich noch den Inhalt meiner Joghurtbecher in mich hinein. Weil die bei der Hitze sekündlich kippen können.

Auf dem Canale Grande brettern die Boote an uns vorbei. Ich erinnere mich an Bilder mit viel Wasser und wenig Verkehr, die ich in Tourismus-Werbungen gesehen habe. Die müssen dann alle um fünf Uhr früh im Morgengrauen aufgenommen worden sein, denn jetzt wirkt der Kanal wie eine Autobahn im Feierabendverkehr.

Doch es kommt auch eine Gondel auf uns zu, in der vier Männer in der üblichen Tracht der Gondolieri stehen und singen. Ja, tatsächlich. Sie schmettern *Marina, Marina*. Und zwar richtig gut. Da kommt echt Laune auf. Die Gondel mit den vieren legt direkt an den Stufen, auf denen wir alle sitzen, an. Sie singen eine ganze Weile. Ich lehne mit dem Rücken an der Hauswand. Es ist heiß. Der Gesang hat etwas Hypnotisches ...

Und dann bin ich wohl weggenickt.

Jemand berührt mich an der Schulter, und ich fahre hoch.

„Sorry, alles gut. Wir haben auf Sie aufgepasst, damit keiner Ihre Tasche klaut. Aber wir müssen jetzt weiter." Es ist eine junge Frau mit Zöpfen und einer Baskenmütze.

„Oh ... äh ... danke." Ich nicke ihr zu. Und wische mir mit dem Handrücken einen Sabberfaden aus dem Mundwinkel.

Die junge Frau und ihre Freundin winken mir zu und gehen in Richtung Bahnhof davon.

Die Sänger-Gondel ist weg.

Es sitzen immer noch viele Menschen um mich herum, aber es sind andere Menschen als vorhin.

Ich bin immer noch zeitlos glücklich, aber ich hätte wetten können, dass es jetzt allerhöchstens früher Nachmittag sein kann. Das Zeitgefühl in sumpfig-heißem Terrain wird zu zäh fließender Melasse, wie die Uhren auf diesem Gemälde von Dalí. Es kommt einem vor, als würde die Zeit nicht vergehen, aber in Wirklichkeit schreitet sie in normalem Tempo weiter.

Ich linse verstohlen auf die Armbanduhr eines älteren Herrn, der mit seiner Frau neben mir sitzt.

Es ist ...

... kurz nach fünf.

Nach fünf?

Stimmt, die Schatten sind deutlich länger.

Ich hieve mich hoch. Das Entschleunigen hat schonmal funktioniert. Ich packe meine Einkaufstasche, und just in dem Moment, als ich mich aufrichte, sehe ich einen Mann in einem weißen Leinenanzug, der – als er merkt, dass ich ihn sehe – seitlich in einem Hauseingang verschwindet. In dem er offenbar nichts verloren hat, weil er sofort von einer Frau mit einem Besen in der Hand gewissermaßen wieder rausgekehrt wird.

Er läuft davon, ebenfalls in Richtung Bahnhof.

Ich stutze kurz. Schüttle den Gedanken dann aber ab. Das kann weder der junge Kerl aus den Biennale-Gärten noch der elegante Wohltäter an der Gondel-Haltestelle sein. Aus dem einfachen Grund, dass dieser Leinenanzugträger ein ungeschlachter Riese ist. Er erinnert mich vom Phänotyp her an Marco. Aber da der hier keine zwei kläffenden Pinscher unter den Armen trägt – und sich bewegt hat! –, kann es unmöglich Marco gewesen sein. Mein Marco ist eine Hunde-tragende menschliche Säule.

Weiße Leinenanzüge sind vermutlich einfach der letzte Schrei in italienischer Herrenoberbekleidung während der Sommermonate.

Auf dem Rückweg in die Via Dolorosa verlaufe ich mich nur ein einziges Mal, komme wieder zu dem menschenleeren Campo, erinnere mich auch ohne die Hilfe der Frau in der geblümten Kittelschürze, wie es weitergeht, und stehe zu guter Letzt vor meiner Unterkunft.

Ich will gerade den Hausschlüssel aus der Tasche ziehen, da wird die Tür aufgerissen.

„Wir wurden beraubt!", ruft Cesare. „Jemand ist eingebrochen und hat uns beraubt!"

Und dann folgt eine Schimpftirade, aus der ich *Vaffanculo* und *Stronzo* herauszuhören meine.

„Vandalen! Alles Vandalen! Die Welt geht vor die Hunde", schimpft Cesare. Er schimpft es mit einem breiten Lächeln im Gesicht. Seltsam abgeklärt. Als sei er eins mit sich und dieser vor die Hunde gekommenen Welt.

„Wir wurden beraubt?", wiederhole ich.

„Sí!" Er zieht mich in den Hof und schließt die Eingangstür hinter mir. Dann zupft er sich den weißen Kinnbart und lächelt mich an. Ich verkörpere offenbar die Fleisch gewordene Fassungslosigkeit, denn er beruhigt: „Keine Sorge, liebe Asti, es klingt schlimmer, als es ist."

Warum regt er sich nicht total auf?, denke ich. *Warum legt er nicht die Stirn in Falten und fuchtelt mit den Armen? Ist er überhaupt Italiener?*

Ich schaue mich um. Nach einem Überfall barbarischer Horden sieht es nicht aus. Der gusseiserne Tisch im Innenhof ist ebenso umgekippt worden wie die Stühle, und ich stehe in einem Meer aus Dogenschädelscherben. Na ja, es wirkt auf den ersten Blick wie ein Meer, aber es fehlen nur ganz wenige. Die Regale sind immer noch voller Köpfe. Alle gucken sie missbilligend. Hatten sie diesen Blick gestern schon drauf?

Durch die offene Küchentür sieht man den Fliesenboden, der ebenfalls voller Scherben ist. Glasscherben.

„Oh Gott, Ihr Sohn, die Hunde, die Piranhas ...?" Kurz rutscht mir das Herz in die Hose.

„Es geht allen gut. Wir waren kurz auf dem Markt. Und bei Rinaldo auf einen Espresso. Die müssen das Haus beobachtet haben. Sie sind genau in dem Moment eingebrochen, als niemand da war." Cesare tätschelt mir väterlich-tröstend den Arm. „Aber diese Schweine haben das ganze Haus durchwühlt. In Ihrem Zimmer waren sie auch."

„Nein!"

„Doch!"

„Nein!"

„Doch!"

„Oh."

Ich meinerseits spiele diese Louis-de-Funès-Szene unabsichtlich nach. Bei Cesare bin ich mir da nicht so sicher – er grinst über alle vier Backen.

Wie kann er nur grinsen? Ein Einbruch!

Ich bin wie in Schockstarre. Ich wurde noch nie überfallen oder ausgeraubt. In meinem ganzen Leben nicht.

„Haben die Diebe etwas aus meinem Zimmer mitgenommen?", frage ich und gehe vor meinem inneren Auge den Inhalt meines Koffers durch. Kein Schmuck, kein

Geld, nichts von Wert, mit Ausnahme des Koffers selbst. Aber man weiß ja nie: Es soll ja auch Leute geben, die auf gebrauchte Unterhosen stehen.

Cesare zuckt mit den Schultern. „Das weiß ich nicht. Lassen Sie uns nachsehen."

Stimmt, das ist eine gute Idee.

Ich eile über den Hof und die breite Holztreppe mit den knarzenden Stufen nach oben in meine Dachkammer im dritten Stock. Cesare, deutlich älter und zwar schlank, aber nicht fit, folgt mir in angemessenem Seniorentempo.

Oben angekommen lasse ich die Tragetasche mit den Wasserflaschen fallen. Mein Carry-on ist noch da, wurde aber geöffnet und durchwühlt. Er liegt – aufgeklappt wie eine klaffende Wunde – auf dem Boden, inmitten der ausgebreiteten Unterlagen des potenziellen Neukunden. Mist, die waren vertraulich!

Auf den ersten Blick fehlt in der minimalistischen Dachkammer nichts. Weil ja auch nichts da war, das man hätte einsacken können.

Meine getragene Wäsche von gestern liegt noch auf dem Stuhl neben dem Bett. Irgendwie komme ich mir persönlich besudelt vor, weil fremde Menschen meine Leibwäsche in der Hand hatten. Das Zeug werde ich verbrennen. Oder in den Mülleimer hier in dem winzigen Badezimmer werfen. Anziehen werde ich die Sachen jedenfalls nie wieder.

Der Inhalt meines Kosmetikbeutels wurde ins Waschbecken gekippt. Die Klarsichthülle mit meinen Ersatzohrringen finde ich im Zahnputzbecher. Ob die Diebe dachten, die Ohrringe seien nicht echt? Mein Reisewecker, den mein Opa mir vererbt hat, liegt auf dem ungemachten Bett. Es ist mir wichtig, zu betonen, dass ich das Bett selbstverständlich nach dem Aufstehen gemacht habe. Ich mache mein Bett immer. Ordnung muss sein. Die Diebe müssen es zerwühlt haben. Vielleicht dachten sie, ich hätte Trinkgeld für das Zimmermädchen versteckt. Elende Saukerle! Ich überlege mir, ob ich um frische Bettwäsche bitten soll, weil ich mich nicht auf ein Laken legen will, das fremde Schurkenhände – zweifellos ungewaschen – berührt haben.

Hinter mir taucht Cesare in der Tür auf. Keuchend.

„Es scheint nichts zu ...“

Fehlen, wollte ich sagen. Mein Geld und meinen Pass habe ich ja in der Handtasche. Aber da fällt mir ein, dass ich mein Handy auf dem Nachttisch zurückgelassen hatte.

„Mein Handy ist weg!“, rufe ich aus. Und wiederhole konsterniert: „Die haben mein Handy mitgehen lassen!“

Ich gehe auf alle viere und schaue unter dem Bett nach. Ebenso unter dem Koffer und unter dem Schrank. Aber es ist nirgends zu finden. Hätten mich diese Schurken chloroformiert und mir eine Niere entnommen, hätte ich nicht entsetzter sein können.

Cesare steht milde lächelnd in der Tür und zieht mit der Rechten die Locken aus seinem Kinnbart. „Schrecklich, ganz schrecklich“, sagt er. Mimik und Körpersprache passen nicht zur Verbalaussage. Aber jeder reagiert ja anders auf so ein brutales Ereignis. „War es denn ein sehr wertvolles Handy?“

Ich schüttele den Kopf. „Das aktuelle Modell minus vier. Aber ...“ Einen Moment lang wird mir ganz anders. Meine rechte Hand ist normalerweise mit meinem Handy verwachsen. Dass ich es nicht sofort wieder aufgeladen habe, als die 20-Prozent-Marke der Batterie unterschritten wurde, und es gar zurückließ, als ich aus dem Haus ging, war die absolute Ausnahme. Das kommt praktisch nie vor. Geschuldet der geistigen Verwirrung nach einem traumatischen Vertrauensverlust.

Auch dafür gebe ich Hagen die Schuld!

„Ts, ts, ts", macht Cesare, immer noch am Bart zupfend. Womöglich beruhigt ihn diese repetitive Bewegung.

Meine gute Erziehung kehrt zurück, und ich denke an ihn als Hausbesitzer. Das muss doch schlimm für ihn sein.

„Haben die Ihnen auch was gestohlen?", frage ich.

Er zuckt mit den Schultern. „Nur das Kleingeld aus der Schale im Flur. Und einen alten Fotoapparat. Nichts wirklich Wertvolles."

Ich stehe wieder auf. „Wir müssen sofort die Polizei verständigen!"

Seine Augenbrauen fahren nach oben. „Die Polizei?"

„Ja klar, wen sonst?"

Cesare nimmt mich am Unterarm und führt mich nach unten. „Meine liebe Asti, die hiesige Polizei interessiert sich nicht für derlei Minimaldiebstähle. Da hätte sie viel zu tun. Machen wir uns nichts vor, ich liebe meine Heimatstadt, aber sie ist voller Kleinkrimineller: Taschendiebe, Trickbetrüger, niederschwellige Ganoven jedweder Couleur." Er bleibt stehen und erklärt: „Die natürlich alle von außerhalb kommen. Einheimische sind das nicht!" Er macht eine verächtliche Handbewegung.

„Aber ..."

„Nein, meine liebe Asti, die Polizei bringt in so einem Fall gar nichts." Cesare geht weiter, hält mich dabei immer noch am Ellbogen. „Das sind gute Leute, verstehen Sie mich nicht falsch, aber die haben anderes zu tun. Wichtigeres."

„Dennoch ..."

„Sie würden kostbare Lebenszeit damit vergeuden, Ihre Aussage zu Protokoll zu geben. Und was würde danach passieren? Nichts. Absolut nichts." Wir gelangen ins Erdgeschoss. „Und vielleicht haben diese Bastarde Ihr Handy ja auch gar nicht mitgenommen!" Auch treppabwärts kommt er ins Schnaufen. Möglicherweise hebt er deshalb die Stimme. Um sein eigenes Keuchen zu übertönen. „Vielleicht liegt es noch irgendwo hier! Die Diebe haben auf der Flucht bemerkt, dass es nicht wertvoll ist, und haben es weggeworfen!"

„*Cosa?*"

Die Tür, die vom Flur in die Küche führt, geht auf.

Ich sehe Marco mit den Achselhöhlenhunden und eine große, hagere Frau mit streng nach hinten gebürstetem Dutt. So fest geschnürt, dass sie dadurch quasi ein Facelifting bekommt – alle Falten werden weggezurrt.

Sie hat einen deutlich ausgeprägten Damenbart und ist ganz in Schwarz gekleidet. Schwarzes, wadenlanges Spitzenkleid, schwarze, blickdichte Strumpfhose, schwarze Schnürschuhe. Als ob sie gerade von einer Beerdigung gekommen ist. Wie sie es schafft, bei dieser Hitze so ganz in Schwarz nicht zu zerfließen, ist mir schleierhaft.

Aber vielleicht kühlt sie der eiskalte Blick, den sie mir zuwirft. Nachgerade arktisch. Man muss kein Telepath sein, um zu merken, dass sie mich nicht mag.

„*Cosa?*", fragt sie erneut und schaut jetzt zu Cesare.

„Ich sagte gerade zu unserer lieben Asti, dass ihr Handy womöglich gar nicht gestohlen wurde, sondern hier noch irgendwo liegt. Es war ein altes Handy. An sowas haben Diebe kein Interesse, das kriegen sie nicht verkauft! Sie werden es auf ihrer Flucht weggeworfen haben. Sieh doch bitte nach, Maria."

Die Frau verschränkt die Arme. „Ich muss erst den Küchenboden fegen, sonst laufen sich die Hunde Scherben in die Pfoten."

„Maria kommt aus Sardinien", sagt Cesare in diesem Moment. Als ob die Menschen aus Sardinien für ihre ausgeprägte Hundeliebe bekannt wären. „Sie ist Marcos Mutter."

„Signora Foscarelli, schön, Sie kennenzulernen!" Ich mache einen Schritt auf sie zu und strecke ihr meine Hand entgegen. Mit einem entwaffnenden Lächeln. Ich will, dass man mich mag.

Sie zuckt nicht einmal mit den Wimpern, geschweige denn, dass sie die Arme entschränkt und meinen Handschlag erwidert.

Hinter mir lacht Cesare laut auf. Als hätte ich den Witz des Jahrhunderts gemacht. „Oh nein, wir sind doch nicht verheiratet."

Ich liefere mir mit Maria noch ein kurzes Blinzelduell, das sie gewinnt, dann zieht mich Cesare in den Innenhof hinaus.

Maria starrt mir mit immer noch verschränkten Armen finster nach.

Cesare war anfangs ja auch unterkühlt, denke ich. *Vielleicht tauen die Menschen von Venedig einfach nur sehr, sehr langsam auf. Wie Hanseaten. Wobei ... Maria kommt ja aus Sardinien, das liegt doch südlicher. Da müsste sie eigentlich eher bayrisch-jovial sein, oder?*

Cesare ist jetzt im Plaudermodus. „Wir hatten eine kurze, aber folgenschwere Affäre. Damals, in ihrer Heimat. Ah, Sardinien – das kristallklare Meer, die versteckten Buchten inmitten der Granitfelsen. Wir haben uns am Strand geliebt. Es war magisch! Sandig, aber von ganz besonderem Zauber."

Ich glaube, ich werde rot. Nicht, weil das zu viel Information war. Sondern weil ich mir beim besten Willen nicht vorstellen kann, wie man mit diesem damenbärtigen Eiszapfen magische Momente im Sand verleben kann.

Aber stimmt schon, Marco ist sichtlich über dreißig, also ist das eine Ewigkeit her, und damals war sie vielleicht betörend schön und voller Lebensfreude und Leidenschaft. Und weniger stachelig beim Küssen.

Über die Schulter werfe ich einen Blick auf Maria. Nein, sie war bestimmt nie schön. Aber Männer sind ja oft nicht besonders wählerisch: Jung und willig reicht durchaus für etwas Strandgymnastik.

So einen Zynismus gegenüber dem männlichen Geschlecht kenne ich von mir gar nicht, denke ich gleich darauf. Den habe ich Hagen zu verdanken! Ob untreue Rudelbumser je daran denken, dass sie es mit ihrem feigen Verhalten für alle nachfolgenden Mitmänner verderben?

Cesare plaudert derweil weiter. „Selbstverständlich habe ich Maria mit unserem Sohn bei mir aufgenommen. Sie führt mir seither den Haushalt. Ein gutes Arrangement. Sie ist eine exzellente Köchin."

Cesare beugt sich nach vorn und will den gusseisernen Tisch wieder aufstellen. Weil er schnauft wie eine Lokomotive, übernehme ich diese Aufgabe. Der Tisch sieht fragil aus, ist aber höllisch schwer. Ebenso wie die Stühle, die ich auch gleich aufstelle. Ich gerate jetzt ebenfalls ins Keuchen. Wir klingen wie zwei obszöne Anrufer kurz vor dem Höhepunkt.

Maria kommt mit einer Karaffe Wasser und zwei Gläsern, die sie auf den Tisch stellt.

Im ersten Moment bemerke ich gar nicht, dass sich in ihr schwarzes Kleid ein kleiner Junge gekrallt hat. Ein kleiner Junge mit einem knallroten Spielzeugauto in der

Hand. Den hatte ich bis dato noch gar nicht bemerkt. Hing der vorhin schon an ihr? Oder ist der neu?

Cesare bemerkt meinen Blick.

„Das ist Adriano, mein jüngerer Sohn." Cesare winkt ihn zu sich. „Komm her, Adriano, sag hallo. Sei artig."

Der Kleine baut sich neben seinem Vater auf, wo er dann statuesk und unbeweglich stehen bleibt. Wie sein großer Bruder. Er trägt eine Brille mit dicken Gläsern, hinter denen seine samtbraunen Augen riesig erscheinen. Riesig und angsterfüllt.

„Sei nicht bange, mein kleiner Prinz", sagt Cesare, „sie ist eine von den Guten."

Zwischen Marco und dem Knirps müssen gut und gern fünfundzwanzig Jahre liegen. Weil er so jung ist – ich schätze ihn auf vielleicht fünf oder sechs oder sieben –, hat er noch keine Körperbehaarung, aber aus den kräftigen Locken auf seinem Kinderkopf schließe ich, dass er später auch einmal zum felligen Bären wird.

„Hallo Adriano", sage ich, ein wenig steif und unbeholfen.

Mit Kindern kann ich nicht. Ja, stimmt schon, ich wollte immer eine Familie haben und dazu gehören zwangsläufig auch Kinder, aber das wären ja dann meine eigenen, das ist etwas völlig anderes als die Kinder fremder Leute.

Offenbar kann Adriano auch nicht mit Hausgästen. Er schaut mich nur angsterfüllt an. Als sei ich der Jäger, der Bambis Mutter erschossen hat. Das muss das Businesskostüm sein, denke ich. In dem sehe ich effizient aus, was bei Kindern vermutlich als streng rüberkommt. Ich überlege, ob ich ihm liebevoll und Angst-nehmend den Lockenkopf tätscheln soll, entscheide mich aber dagegen. Man fasst fremde Kinder nicht an, auch wenn man selbst mit den Tätschelhänden von Onkeln und Tanten auf dem Haupt großgeworden ist. Diese Tradition muss ein Ende finden.

„Ganz die Mama", erkläre ich stattdessen und nicke Maria zu, die jetzt mit einem Hexenbesen den Küchenboden fegt.

Cesare lacht wieder auf. Offenbar sieht er in mir eine Komikerin. „Nein, nein, Maria ist doch nicht seine Mutter." Er lacht erneut. Noch lauter. „Wobei, Adrianos Mutter hieß auch Maria. Das ist dann wohl mein Beuteschema. Einer Maria kann ich einfach nicht widerstehen."

Wenn er sogar noch in seinem Alter alles, was Maria heißt, bespringt und schwängert, dann bin ich froh, eine Astrid zu sein. Und die Pille zu nehmen.

Verdammt, fällt mir plötzlich ein. *Ich habe gestern Abend vergessen, die Pille zu nehmen. Auch egal*, denke ich gleich darauf, *auf Sex habe ich in nächster Zeit ohnehin keinen Bock. Mit Hagen nicht und mit niemand sonst.*

„Adrianos Mommy war Engländerin. Deswegen erziehe ich ihn zweisprachig. Aus Respekt für seine Mutter." Er schaut plötzlich ernst. „Sie ist leider ... von uns gegangen, darum lebt er jetzt auch bei mir."

Schlagartig scheint die Temperatur in den Minusbereich gerutscht zu sein. Unzweifelhaft steckt da eine schlimme Geschichte dahinter. Womöglich ein traumatisiertes Kind. Hat der Kleine deswegen eine solche Angst vor Fremden?

So schnell, wie die Kälte kam, ist sie auch wieder vorbei.

Cesare lächelt breit und verwuschelt Adrianos Lockenkopf. Als Papa darf er das, trotzdem wirkt Adriano nicht happy und fährt sich mit der kleinen Patschehand ordnend durch die Haare.

„Ich hoffe, dass er eines Tages das Familiengeschäft übernehmen wird. Marco hat ... äh ... andere Interessen." Cesare seufzt. „Er malt."

Rückblickend wird mir klar, dass ich die Aufmerksamkeitsspanne einer Fruchtfliege habe. Statt mich weiter über den Einbruch aufzuregen, frage ich jetzt, fast ein bisschen ungläubig: „Er malt?"

Wie ein Maler, der Wände streicht?

„Ja, er malt! Entzückende Petitessen. Verstehen Sie etwas von Kunst?"

Die Antwort hätte ein definitives „Nein!" sein müssen. Stattdessen sage ich: „Wir haben eine Galerie als Klienten."

„Ah!", ruft Cesare und blüht förmlich auf. „Kommen Sie, sehen Sie sich seine Bilder an." Er steht auf und winkt Marco zu. „Komm, wir zeigen Asti deine Bilder. Vielleicht kann sie sie ihrem Kunden mit der Galerie empfehlen."

Wenn es anatomisch möglich gewesen wäre, hätte Marco jetzt noch grimmiger als sonst schon geguckt. Die Szene erinnert mich an meine Kindheit, wenn meine Großmutter, die mich nach dem Tod meiner Eltern bei sich aufnahm, mit meiner Tante telefonierte und plötzlich rief: „Astrid, erzähle deiner Tante Agnes von deiner neuen Musiklehrerin." Oder von meinem Abenteuer im Streichelzoo. Oder von meinem Wachstumsschub. Worum es ging, war egal. Das Schlimme daran war, dass ich mit meiner Tante reden sollte, obwohl ich das überhaupt nicht wollte. Und ich bin mir sicher, dass meine Tante das auch nicht wollte, weil sie nie interessiert zuhörte, nicht einmal Interesse heuchelte. Meine Tante mochte keine Kinder. Höchstens gut durch und mit viel Soße, wie es so schön heißt.

Cesare nimmt einen Schluck Wasser und geht zur Treppe. „Andiamo!"

Adriano läuft voraus, Marco tapert seinem Vater hinterher. Sichtlich unglücklich.

Kunst, die man selbst geschaffen hat, ist ja etwas sehr Intimes. Vielleicht mag er seine Bildbabys nicht mit jedem dahergelaufenen Krethi und Plethi und auch mit keiner Astrid teilen. Ich muss wieder an meine Tante Agnes denken und habe ein bisschen Mitgefühl mit ihm.

An der Tür im ersten Stock, die zu Cesares Wohnbereich führt, bin ich natürlich auf dem Weg in mein Zimmer vorbeigekommen, aber sie war immer geschlossen.

Jetzt stellt sich Adriano auf die Zehenspitzen und öffnet sie, und mir bleibt der Mund offen stehen.

Ich dachte, Cesare würde in einer Deko-Katastrophe wohnen, ähnlich der Küche. Und ähnlich meiner Dachkammer.

Aber nein, die pure Eleganz umfängt mich. Eine rote Seidentapete mit Lilien-Motiv ziert die Wände, ein riesiger Kristalllüster hängt an der Decke, und ich kenne mich mit Antiquitäten nicht aus, aber das Mobiliar scheint mir vom Feinsten. Sind die Foscarellis womöglich wohlhabend? Oder gar reich?

Cesare und Marco schreiten zügig durch diesen Salon, Adriano läuft Zickzack, ich folge. Und dann sind wir im angrenzenden Zimmer, in dem unzählige Ölbilder hängen oder an die Wände gelehnt stehen. Mittig im Raum eine Staffelei mit einem frischen, noch nicht vollendeten Werk. Ich erkenne die drei halbfertigen Modelle sofort: Adriano und die beiden Puschel-Tölen.

„Habe ich zu viel versprochen?" Cesare baut sich voller Vaterstolz neben der Staffelei auf. „Zugegeben, ja, es stimmt ..." Er gestikuliert. Jetzt also doch. „... ich war ein bisschen enttäuscht, als sich abzeichnete, dass Marco nicht in meine Fußstapfen treten wird. Aber sehen Sie sich seine Bilder an ... dieses Talent, diese Kunstfertigkeit, diese Farbenfreude. Ein echter Künstler in der Nachfolge von Tizian und Bellini!"

Marco läuft rot an. Er setzt die Hunde ab, die sofort auf mich zugelaufen kommen und an mir schnüffeln, aber nicht kläffen und auch nicht beißen. Wer hierher, ins Allerheiligste ihres Herrchens, vorgelassen wird, der kann kein Feind sein, denken sie vermutlich. Falls sich in ihren Hundehäuptern überhaupt ein denkendes Hirn befindet.

„Das Bild ist wirklich ..." Schnell, Göttin der Wortfindung, sende mir ein Adjektiv! „Entzückend!"

Und das ist es tatsächlich. Adrianos Kopf mit den wuscheligen Locken und den riesigen Augen hinter den dicken Brillengläsern ist fast cartoonartig vergrößert, ebenso wie die Köpfe der beiden Hunde links und rechts von ihm. Die Farben sind kräftig und plakativ. Es hat was von Kaufhauskunst, gemalt von liebevoller, wenn auch naiver Hand. Wenn man die Motive mag, muss man dieses Ölgemälde lieben. Da ich weder für den Hänfling noch für die Hunde spezielle Zuneigung empfinde, bleibe ich auch dem Gemälde gegenüber ... sagen wir mal ... neutral.

„Wirklich toll!", schwindele ich dennoch, weil ich mit Marco immer noch mitfühle.

Marco läuft noch röter an und wackelt geschmeichelt mit dem kompletten, wuchtigen Oberkörper. Wie jemand, der am liebsten ein Freudentänzchen aufs Parkett legen möchte. Meine kleine Notlüge hat den Säulenmenschen zum Leben erweckt.

Cesare kneift seinem Ältesten liebevoll in die Wange. „Ich bin stolz auf dich, mein Großer!"

Marco sagt nichts, grunzt aber glücklich.

Ich will ehrlich keine voreiligen Schlüsse ziehen, aber kann es sein, dass Marco kognitiv beeinträchtigt ist? Er strahlt eine Naivität aus, die ihn sogar noch jünger scheinen lässt als Halbbruder Adriano. Fast kindlich. Sein wuchtiger Körperbau mag gefährlich wirken, aber ich vermute, in ihm drin wohnt ein süßes Kleinkind, das ihn nur immer so finster aus der Wäsche schauen lässt, weil ihm die Welt Angst macht. Vielleicht ist er Boxer und hat ein paar Schläge zu viel gegen die Birne bekommen? Jedenfalls sieht er nicht so aus wie jemand, der ein Dogengipskopfgeschäft erfolgreich führen könnte, und da ist es gut, dass er die Liebe zur Malerei für sich entdeckt hat.

Plötzlich räuspert sich jemand hinter mir.

Als ob sie geahnt hätte, dass ich gerade innere Zweifel an der Brillanz ihres Sohnes hegte, materialisiert sich Maria im Raum.

„Ich habe Ihr Handy gefunden. Es lag achtlos weggeworfen neben den Mülltonnen im Hof."

Das Display ist böse zerkratzt. Etwas Klebriges zieht sich über die Rückseite. Und ist das ... ein Salatblatt? Ich wische das Blatt mit einer kräftigen Bewegung von der Hülle und schalte mein Handy ein. Hossa – es funktioniert noch. Aber wegen der Kratzer ist nicht mehr der ganze Bildschirm zu lesen. Egal.

„Danke, danke, danke", rufe ich. „Sie glauben gar nicht, wie froh ich bin."

Maria beugt sich vor und hebt das Salatblatt auf. Ihr Mund bleibt stumm, aber ihr Blick spricht Bände: *Wie sieht es bei Ihnen zu Hause aus? Kompostieren Sie auf dem Wohnzimmerboden?*

Sie hat ja recht, aber ich kehre ihr trotzdem den Rücken zu. „Danke, Cesare!" Weil ich meinen Dank auch irgendwie haptisch ausdrücken möchte, nehme ich seine Hand und drücke sie. Fest, sehr fest. Höre ich da die geriatrischen Knochen knacken?

„Gern geschehen, liebe Asti!" Er lächelt mir voller Wärme und nachgerade väterlich zu. Was immer ihn bei unserem ersten Kennenlernen so frostig sein ließ, ist offenbar dahingeschmolzen. „Das müssen wir feiern!" Cesare hebt beide Arme und schnalzt mit den Fingern wie eine Flamenco-Tänzerin. „Und ich weiß auch schon, wo!"

„Buona sera, Cinzia", ruft Cesare, als wir an der Frau in der geblümten Kittelschürze vorbeikommen, die mir gestern den Weg zu ihm wies. Jetzt hängt sie gerade Wäsche auf. An einer Leine, die zwischen ihren Blumenkästen von Fenster zu Fenster gespannt ist.

„Cesare!", freut sie sich und formt die Lippen zum Kussmund. Da sie Cinzia und nicht Maria heißt, gehe ich davon aus, dass sie kein uneheliches Kind von ihm ausgetragen hat.

Ein Fenster weiter prostet uns ein älterer Herr in weißem Feinrippunterhemd aus seinem Küchenfenster mit einem Glas Aperol Spritz zu.

Man kennt meinen Gastgeber hier in den Gassen. Wie sich überhaupt alle zu kennen scheinen.

Den Eindruck habe ich zumindest, als wir auf den Platz biegen, den ich sonst nur menschenleer erlebt habe.

Jetzt baut eine Handvoll junger und nicht mehr ganz junger Männer Bierbänke und Tische auf, und Frauen bringen große Schüsseln mit Essen und Körbe mit Brot und Gläser und Weinflaschen.

Unsere kleine Karawane aus Cesare, Marco mit den Hunden unter den Armen, Maria, Adriano und mir wird fröhlich begrüßt.

Unter einem der Bäume packen Musiker ihre Instrumente aus. Und wenn ich „Musiker" sage, meine ich Leute, die aussehen, als würden sie tagsüber Gelato verkaufen oder Teenagern Algebra beibringen. Ich rechne ohrentechnisch mit dem Schlimmsten.

„Ist heute ein Straßenfest?", erkundige ich mich.

„Heute ist Mittwoch!", antwortet Cesare.

Das ist für jemanden wie mich, die zum ersten Mal in Venedig ist, keine wirklich hilfreiche Antwort. Feiert man jeden Mittwoch in Venedig? Weil Mittwoch der Tag des heiligen Markus ist, des Schutzheiligen der Stadt? Keine Ahnung. Ist aber auch egal, denn gleich darauf sitze ich auf einer Bierbank, jemand häuft Spaghetti in Tomatensoße auf einen Teller und stellt ihn vor mir ab.

Die Musiker spielen auf. Eine Melodie, die ich erkenne. Es ist ein Tango von Astor Piazzolla. War der nicht Argentinier? Wie auch immer, die Gelatoverkäufer-Schrägstrich-Algebralehrer haben es echt drauf. Sie spielen mit Verve. Und mit einem Können, das ganz klar auf häufigem Üben beruht. Ein Ohrenschmaus.

Der Duft der Spaghetti erinnert mich daran, dass ich heute noch nicht wirklich viel gegessen habe.

Während Maria und Cesare die Runde drehen und alle begrüßen, schaufeln Marco, Adriano und ich die Pasta in uns hinein. Synchron, als wäre es eine olympische Disziplin.

Adriano ist wirklich niedlich. Schon nach drei Bissen ist die untere Hälfte seines Gesichts voller Tomatensoße.

Jemand kommt und gießt mir aus einer Karaffe Rotwein in ein Glas. Es ist Cesare.

„Grazie!"

Er setzt sich neben mich.

Adriano, der seine Spaghetti bereits inhaliert hat, springt auf, läuft zu seinem Papa und drückt ihm einen Tomatensoßenschmatzer auf die bartstoppelige Wange. Dann läuft er zum Spielen zu einer Gruppe Kinder in seinem Alter.

Die Hunde spielen übrigens auch. Mit anderen Hunden, die ebenfalls nicht angeleint sind. Der Duft von Freiheit und Abenteuer liegt in der Luft. Aber vermutlich denke ich das nur, weil überall geraucht wird und mich das an das Motto des Marlboro-Mannes erinnert.

Cesare lacht und wischt sich mit dem Handrücken die Tomatensoßenspuren von der Backe.

„Das hier, liebe Asti, das hier ist das wahre Venedig!" Er zeigt mit ausgestrecktem Arm über den Platz, während er mich anstrahlt. Das hier vor mir ist nicht mehr der misstrauisch-wachsame Ferienwohnungsgastgeber von gestern. Das ist ein jovialer alter Herr, der mich mag. „Jeden Mittwoch treffen sich hier alle Anwohner und feiern miteinander. Wir essen und tanzen Tango. Wenn sich ein Tourist zu uns verirrt, ist er herzlich eingeladen. Aber in unsere Ecke von Cannaregio kommt kaum einmal jemand, der nicht hier wohnt. Wir liegen zu abseits. Das ist ein Segen."

Aha, so ist das also. Tango und Pasta. Eine schöne Tradition!

„Jeder bringt etwas mit. Pasta, Salat, Cichetti. Der Wein heute ist von mir. Von meinem eigenen kleinen Weingut. Ein wirklich guter Tropfen, nicht wahr?"

Ich kenne mich mit Wein nicht aus. Bei einer Blindverkostung könnte ich nur eins erkennen: ob es Wein ist oder nicht. Und selbst dafür würde ich meine Hand nicht ins Feuer legen wollen.

„Sehr lecker", sage ich trotzdem. Oder gerade. Und zögere. Nicht wegen des Weines. Wegen etwas, das mir in diesem Moment ins Auge fällt. Nicht nur fällt, regelrecht sticht.

Der Platz ist relativ groß und gut gefüllt mit bestens gelaunten Menschen aller Altersgruppen. Dennoch sehe ich – durch die tanzenden, feiernden Menschen hindurch – auf der anderen Seite des Platzes einen Mann, der sich hinter einer Hausecke förmlich zu verstecken scheint. Ist das etwa ...?

„Komisch", entfleucht es mir.

Cesare schaut mich abrupt ernst an. Mein Tonfall muss ihn wachsam gemacht haben. „Was ist komisch?"

„Der Mann da hinten im weißen Leinenanzug ..."

Cesare scheint plötzlich wachsam. Er richtet sich in Hab-Acht-Stellung auf, wie ein Erdmännchen.

Als ob der Typ das mitbekommen hätte, duckt er sich hinter der Hauswand weg.

„Ich sehe niemanden", konstatiert Cesare folgerichtig. „Ein Mann in einem weißen Leinenanzug?", wiederholt er.

Ich tue es mit einem Kopfschütteln ab. „Den ganzen Tag sehe ich schon Männer in weißen Leinenanzügen. Einer hat mir sogar eine Gondelfahrt spendiert. Einfach so. Es sind aber, glaube ich, immer andere Männer. Und eben dachte ich ... es könnte eine Verschwörung sein. Als ob mir eine Bande weißer Leinenanzugträger auf den Fersen wäre." Ich muss kichern. Das ist weniger der Verschwörungs-Idee, mehr dem Wein geschuldet. „Albern, oder?"

Cesare lächelt. Es wirkt gezwungen. „Ja, albern. Es streifen keine männlichen Fashionistas bandenartig durch Venedig." Seine Stimme klirrt auf einmal wieder frostig. Nimmt er es mir übel, dass ich seinen Landsleuten Stalking unterstellt habe? Das habe ich doch nicht böse gemeint, es war einfach nur eine Feststellung.

Bevor ich mich entschuldigen kann, nimmt er ebenfalls einen Schluck Rotwein, gurgelt, schluckt und sagt: „Aber weißes Leinen ist tatsächlich sehr angesagt in diesem Sommer. Ich persönlich verwehre mich gegen diesen Trend."

Er streicht liebevoll über seine nichtweiße Weste. Das Sakko hat er ausgezogen und über die Bierbankecke gelegt. Als ob er den Platz für eine potenzielle Neu-Maria in seinem Leben freihalten will.

Ich hole tief Luft.

Die Rufe der Zikaden auf den Bäumen, die leidenschaftlichen Tango-Klänge, das Lachen der Menschen ... mich überkommt ganz plötzlich ein unglaubliches Wohlgefühl. Ich schließe die Augen. Wie bei einem Kuss. Das Leben küsst mich gerade.

Ist das ... könnte das ... fühlt sich so Glück an?

„Sie müssen natürlich noch ein paar Tage bleiben", erklärt Cesare. Er lächelt mich freundlich an, und dieses Mal wirkt es nicht erzwungen. „Wenn man sich frisch verliebt hat, ob in einen Menschen oder in einen Ort, dann muss man dieser Liebe eine Chance geben!"

Ich schaue an mir herunter. „Ich würde ja gern, aber ich habe nichts zum Anziehen dabei."

Cesare wischt das mit einer Handbewegung beiseite. „Das ist das geringste aller Probleme. Maria wird Ihnen etwas leihen!"

Ich schaue zu Maria. Und merke jetzt erst, dass sie nicht länger neben Marco sitzt, sondern mit verschränkten Armen neben den Musikern steht und mich finster mustert. In ihrer ganzen Größe und Hagerkeit. Mal abgesehen davon, dass sie mir freiwillig nie und nimmer etwas leihen würde, ich würde in ihre Sachen auch nicht hineinpassen. Was hat sie? Kleidergröße null? Sie ist ein menschlicher Kleiderbügel, an dem man Kleider aufhängen kann, ohne dass sie irgendwo ausbeulen. Also genau das, was Pariser und Mailänder Modedesigner für ihre Laufstege suchen. Nur, dass ältere Frauen mit Damenbart nicht wirklich im Trend liegen.

Ich schaue zu der Schaufensterfront gegenüber, in der ich mich spiegele. Auch wenn ich so dermaßen durchschnittlich aussehe, dass ich für die meisten Menschen unsichtbar bin, habe ich natürlich ein Spiegelbild. Ich bin ja kein Vampir. Mittelgroß, mittelbreit, mittelmausbraune Haare – das bin ich. Die personifizierte Durchschnittlichkeit.

„Ihre Sachen werden mir nicht passen. Sie ist größer und schlanker als ich."

„Ich meinte auch nicht, dass Maria Ihnen etwas von ihren eigenen Sachen leiht." Cesare zwinkert mir zu. „Im Laufe der Jahre hatte ich hin und wieder weibliche Gäste, und da blieb einiges zurück. Maria wird in diesem Fundus mit Sicherheit etwas Passendes für Sie finden. Sie hat ein gutes Auge für Menschen."

Meinen Venedigaufenthalt also verlängern?

Ich merke, wie alles in mir „Ja!" rufen will. Nur die Stimme der Vernunft blökt, so finster, wie Maria guckt: *Das geht nicht. Du hast einen Beruf. Und du musst diese unselige Sache mit Hagen klären. Was, wenn er nicht bei deiner besten Freundin Gisi angerufen und von ihr erfahren hat, dass du in Italien bist und ihn vorerst nicht sehen willst? Was, wenn er stattdessen eine Vermisstenmeldung aufgegeben hat? Was, wenn Interpol bereits nach dir sucht? Na? Na? Was dann?*

„Ich kann nicht", murmele ich niedergeschlagen.

„Unsinn! Sie können!" Cesare klopft mir auf den Rücken. Als könne man Niedergeschlagenheit ebenso wegklopfen wie einen Bissen, den man in den falschen Hals bekommen hat. „Sie rufen Ihren Partner an und sagen ihm klipp und klar, dass Sie noch ein paar Tage Zeit für sich brauchen. Er soll daheim alles regeln. Wie, das ist seine Sache." Cesare nickt wissend. „Und, glauben Sie mir, wenn Sie sich rarmachen, wird ihm aufgehen, wie sehr er sich nach ihnen verzehrt!"

Rarmachen. Das hat mir der Bayer im Zug auch schon empfohlen. Solche Spielchen habe ich allerdings noch nie gespielt. Bei mir weiß man immer, woran man ist. Aber wie heißt es so schön? Wenn man immer das Gleiche tut, aber andere Ergebnisse erwartet, dann ist das ein Zeichen von Wahnsinn. Vielleicht ist es Zeit, dass ich was ändere?

Wobei Hagen sich never ever nach mir verzehren wird. Er ist kein Typ für große Gefühle. Das sind wir beide nicht. Ihm wird natürlich auffallen, dass ich meinen Teil der Hausarbeit nicht erledige. Und im Büro hinterlasse ich definitiv eine Lücke. Aber zwischen dem Realisieren, dass jemand fehlt, und dem Gefühl, plötzlich eine schmerzhafte Lücke zu empfinden, wo eben noch die Partnerin war, liegen Welten.

Umgekehrt gilt das natürlich auch. Ich sitze seit bestimmt einer Stunde auf diesem magischen Platz, mit Musik und dem Gesang der Zikaden und einem Fast-Vollmond am Himmel, und habe Hagen keine einzige Sekunde vermisst.

„Also schön, überredet." Ich nehme mein Weinglas und proste Cesare zu. Er nimmt sein Glas und stößt mit mir an. „Cin Cin!"

Da tritt Maria an unseren Tisch, starrt mich finster an und bellt: „Sie spielen unser Lied!"

Da Maria und ich kein Lied haben, gehe ich schwer davon aus, dass sie das zu Cesare sagt, auch wenn sie dabei mich anschaut.

Ha! Dank meiner Weinseligkeit geht mir schlagartig ein Licht auf. Jetzt weiß ich, was es mit ihrer ständigen Finsterkeit auf sich hat – die Frau ist eifersüchtig auf mich!

Kurz vor Mitternacht tanzen Cesare und Maria immer noch. Ich fühle mich dagegen schläfrig und bringe die „Kinder" nach Hause, die auch müde sind. Die Hunde müssen ausnahmsweise laufen, denn Marco hat sich Adriano über die Schulter geworfen. Dass es kurz vor Mitternacht ist, weiß ich, weil ich jetzt wieder ein Handy habe, das mir die Uhrzeit anzeigt. Und gefühlt hundert Textnachrichten von Hagen, die ich aber alle ignoriere.

Aber eigentlich ist es genau andersherum: Marco und Adriano bringen mich nach Hause. Venedig ist nämlich wie ein Labyrinth. Die verwinkelte Topografie der Stadt verwirrt sogar Smartphones. Ohne die beiden hätte ich mich auf jeden Fall wieder verlaufen. Und Cinzia hätte mir auch nicht helfen können, die schläft schon. Was ich aus den geschlossenen Fenstern und zugezogenen Vorhängen folgere.

Frei nach Alfred Jodokus Kwak könnte ich mich singend fragen: *Warum bin ich so glücklich, so glücklich. Bin ausgesprochen glücklich. So glücklich war ich nie.*

Wobei ich den Grund natürlich ahne. Denn während meine superspontane Entscheidung von gestern, einfach mal eben nach Venedig zu fahren, der Tatsache geschuldet war, dass ich mich in einem Schockzustand befand, beruht die heutige Entscheidung, noch ein paar Tage länger in Venedig zu bleiben, auf einem absolut rationalen Fundament: Ich *will* mich verrückt verhalten!

All die Jahre war ich viel zu vernünftig. Wie oft habe ich zu hören bekommen: Astrid, sei doch mal spontan. Vorwurfsvoll aus dem Mund von Hagen. Auffordernd aus dem Mund von Gisi. Ich habe nur nie aus meiner Haut gekonnt. Erst hier in Venedig fühle ich mich frei. Frei von gesellschaftlichen Erwartungshaltungen. Frei von meinen eigenen Annahmen, wie ich zu sein habe. Plötzlich scheint alles möglich!

Glücklich und nur ganz leicht beschwipst steige ich zu meiner Dachkammer hoch und merke, oben angekommen: Mein Koffer liegt aufgeklappt mitten im Zimmer. Ah ja, fällt mir wieder ein, es hat ja einen Einbruch gegeben.

Ich räume den Koffer zur Seite, lege mein Handy auf den ledergebundenen Folianten auf dem Nachttisch, packe den Inhalt meines Kosmetikbeutels zurück, wasche die verschwitzte Bluse von gestern und die nusscremebefleckte Bluse von heute mit etwas Handseife aus und hänge sie in die Dusche. Der Schweiß ist weg, der Fleck nicht.

Dann krabbele ich ins Bett und schlafe auch umgehend ein.

Aber wissen Sie, was mir hätte auffallen müssen?

Mein wiederaufgetauchtes Handy – das Handy, das ich wegen des leeren Akkus nicht mit auf meine Tagestour genommen habe –, dieses Handy hat, kaputt, wie es jetzt ist, trotz allem eine funktionierende Batterie-Anzeige.

Und die zeigt mir an, dass mein Handy voll aufgeladen ist ...

Tag drei

Getaway, die venezianische Variante

Am nächsten Morgen wache ich mit einem glücklichen Glucksen auf. Ich kann mich nicht erinnern, ob ich etwas Schönes geträumt habe. Es ist einfach nur so eine generelle Lebensfreude.

Ich überlege, wann mir das zum letzten Mal passiert ist. Ich kann mich nicht erinnern.

Dieses selige Glucksen schreibe ich übrigens nicht der Magie Venedigs zu, sondern dem Umstand, dass ich in den letzten beiden Tagen mehr Alkohol getrunken habe als sonst in einem ganzen Monat. Es ist auch deutlich später als sonst, wenn ich aufwache. Bestimmt schon fast neun. Das schließe ich aus dem Sonnenstand. Und daraus, dass die Stadt draußen schon erwacht ist und lärmt.

Ich räkele mich wohlig, strampele die dünne Decke von mir, schwinge die Beine aus dem Bett und trete ans Fenster.

Ja, da ist er wieder. Der David in echt. Und in schwarzen Boxershorts. Mit seinem Handy am Ohr.

Möglicherweise schnurre ich ein bisschen. Aber sicher nicht so laut, dass er mich über drei Dächer hinweg hören kann. Trotzdem dreht er sich um und schaut in meine Richtung.

Sch...!

In einer fließenden Bewegung lasse ich mich zu Boden gleiten.

Wie peinlich ist das denn? Ich bin doch keine Spannerin! Na ja, ich bin eine, aber ich möchte nicht, dass er mich für eine hält. Auch wenn er ein völlig Fremder ist.

Auf allen vieren krabbele ich ins Badezimmer.

Nachdem ich geduscht und mein Gesicht aufgemalt habe – das sage ich nur so, ich bin nie heftig geschminkt, nur ein bisschen Mascara und ein Tupfer Rouge, das dafür aber immer –, erinnere ich mich an das Angebot einer

Leihkleiderspende und luge in Unterwäsche aus meinem Zimmer heraus.

Tatsächlich, auf dem Boden liegen mehrere Kleidungsstücke.

Nicht schwarz und auch ohne Klöppelspitze, also ohne die Aura von Witwentum und somit gesichert keine Sachen von Maria. Ganz im Gegenteil – knallbunt und flockig. Vier Kleider, die mir auf den ersten Blick tatsächlich passen könnten.

Kleider trage ich sonst nie. Fürs Büro finde ich das als amtlich bestellte Steuerberaterin zu wenig seriös, und ein Privatleben habe ich ja so gut wie nicht. Knallige Töne sind außerdem so gar nicht meins. Vielleicht, weil ich kein buntes Leben führe. Jedenfalls komme ich mir darin immer overdressed und albern vor.

Jetzt habe ich aber nicht wirklich eine Alternative. Ich probiere also die Kleider der Reihe nach durch und betrachte mich kritisch in dem trüben Spiegel.

Ein blutrotes Etuikleid, das eher für einen Cocktailempfang geeignet wäre. Ein froschgrünes Wickelkleid, in dem ich aussehe wie etwas, das jemand mit einem Magen-Darm-Virus ausgespuckt hat. Ein sonnengelber Hauch von einem Kleid – nicht nur transparent, sondern auch nicht viel breiter als ein Handtuch –, vermutlich von einer Frau hier zurückgelassen, für die Cesare Geld abdrückte. Hüstel. Ein knielanges, nachtblaues Kleid im Marinestil mit Goldknöpfen, das an der Hüfte und den Oberschenkeln einen Ticken zu eng sitzt, dafür am Busen zu locker. Eindeutig für eine Frau gedacht, die mehr Oberweite zu bieten hat als ich. Aber die doppelte Reihe an Goldknöpfen verleiht mir den Nimbus einer Admiralin zur See. Ich finde, es steht mir. Passt allerdings nicht zu meinen braunen Pumps und meiner schwarzen Handtasche.

Schlussendlich entscheide ich mich für das fünfte und letzte Kleid aus Cesares Verflossenen-Memorabilia-Sammlung: leuchtend blau mit weißen Tupfen und einem Ballonrock. Passt zwar auch nicht zu meiner Tasche und meinen Schuhen, vermittelt mir aber – kaum bin ich hineingeschlüpft – einen Instant-Gute-Laune-Kick.

Ehrlich gesagt, kann ich mich im Spiegel gar nicht sattsehen. Die Frau, die mich anlächelt, bin nicht ich. Sie wirkt verspielt und gut gelaunt. Was natürlich zu einem guten Teil daran liegt, dass der Spiegel trüb ist. Die ungeliebten Details meiner äußeren Erscheinung verschwinden in einem segensreichen Nebel. Übrig bleibt ein sich drehender Ballon mit weißen Tupfen, aus dem zwei Beine, zwei Arme und ein Kopf ragen. Weil ich mich in diesem Kleid so leicht und locker fühle, trage ich meine Haare zu einem wippenden Pferdeschwanz gebunden, nicht streng zum Dutt zurückgebürstet, wie im Büro immer. Oder wenn mir die sumpfige Sommerhitze der Serenissima Schweißpfützen im Nacken verursacht und ich mir mit Notkauf-Scrunchies per Dutt zu helfen versuche.

Perfekt!

Ich horche in mich hinein. Stimmt, der Gute-Laune-Pegel steht am Anschlag. Das will ich jemandem erzählen, aber ich habe niemand, dem ich es erzählen könnte. In Los Angeles ist es nach ein Uhr nachts – beste Freundin hin oder her, Gisi würde mir was husten, wenn ich sie mitten in der Nacht wegen einer Belanglosigkeit aus dem Schlaf klingele.

Da kommt mir der Gedanke, dass ich den ledergebundenen Folianten auf dem Nachttisch zum Tagebuch umfunktionieren könnte.

Auf der ersten Seite steht CESARE. Stimmt, das hatte ich am ersten Abend notiert, um seinen Namen nicht zu vergessen.

Mir ist, als wäre seither eine Ewigkeit vergangen. Die erstaunliche Veränderung, die ich gerade an mir erlebe, will ich auch nicht vergessen. Also zücke ich meinen Stift aus der Handtasche und ... stocke kurz und beschließe gleich darauf, alles so aufzuschreiben, als ob ich es jemandem erzählen würde ... und dann fange ich an:

Ich weiß, was Sie denken, und Sie haben recht: Man hätte in meiner Situation auch ganz anders reagieren können.
Souveräner.
Abgeklärter.
Einfach erwachsener.
Nicht wie eine Speedy-Gonzales-Rennmaus auf Meth. Mehr wie eine Astrid Vollrath.
Wer, um alles in der Welt, ist Astrid Vollrath, fragen Sie?
Sie ahnen es: Ich bin das.
Das heißt, ich war es. Damals, vor einer Woche. Als ich noch an das Gute glaubte und das Böse für böse hielt. Ohne Grauzonen.
Aber von Anfang an ...

Es strömt nur so aus mir heraus. Ich schreibe alles auf, was mir seit der Entdeckung von Hagens Untreue aufgefallen ist: die Zugfahrt, das Ankommen, der erste Tag in Venedig, der Abend unter Sternen.

Als ich fertig bin, verrät mir ein Blick auf das zerkratzte Display meines Handys, dass es weit nach zehn Uhr ist. Kaffeesüchtelnd fliege ich die Treppe hinunter ...

... und komme in eine leere Küche.

Auch der Innenhof ist verlassen. Abgesehen von einer Möwe, die auf der Mauer sitzt und so angestrengt-verkrampft aussieht, als wolle sie sich auf einen der Dogenköpfe unter ihr erleichtern, was ihr aber aufgrund von Verstopfung nicht möglich ist. Ich weiß, man soll Tiere nicht vermenschlichen, aber ich kenne diesen Gesichtsausdruck.

Was zum ...?

„Asti!", höre ich es durch die offene Tür vom Kanal her. „Asti, wir sind hier!"

Als ich an die Tür trete, sehe ich Maria und Marco in einem schaukelnden Wassertaxi sitzen. Cesare steigt – mit Hilfe des Wassertaxifahrers – gerade ein. Dann dreht er sich zu mir, eine Zigarre in der Hand.

„Asti, wir müssen ..." Er schaut mich nachdenklich an und steckt sich dabei die Zigarre in den Mund. Der Wassertaxler hält ihm sofort ein brennendes Streichholz vors Gesicht. Cesare pafft und vollendet seinen Satz. „... etwas erledigen. Sie kommen doch heute allein zurecht, liebe Asti?"

„Natürlich!", sage ich. Aber ich bin schlagartig enttäuscht. Sämtliche Muskelspannung verlässt mich, und meine Arme baumeln wie nasse Sandsäcke an meinen Schultern.

Es war mir bis eben nicht klar, aber ich hatte mich auf einen Tag mit den Foscarellis gefreut. Diese Art von Familienleben hatte ich nie. Und mit Hagen, dem Arsch, will ich sie jetzt auch nicht mehr haben. Sollen meine Kleinen etwa „Tante Gabi" zu seiner Poppmaus sagen?

Also ein Tag ohne die Foscarellis. Keine Ahnung, was ich mir unbewusst gewünscht habe. Dass wir wie Baron von Trapp, Ex-Nonne Maria und die acht Kinder in „Meine Lieder, meine Träume" singend und tanzend durch die Serenissima streifen? Statt *The hills are alive with music* die venezianische Variante *The canals are alive with gondolas*?

Cesare schaut mich zerknirscht an. „Bitte seien Sie nicht traurig, wir unternehmen morgen etwas Schönes."

Der Mann liest in mir wie in einem Buch. Aber sein Trost klingt hohl. Morgen bin ich doch schon wieder auf dem Weg nach Hause.

„Alles in Ordnung, wirklich", lüge ich. „Mir wird schon nicht langweilig."

„Oh nein, Ihnen wird sicher nicht langweilig. Ich habe nämlich eine Bitte."

Etwas Kleines, Warmes schiebt sich in meine linke Hand.

Ich schaue nach unten.

Adriano!

„Wir können ihn unmöglich mitnehmen. Das, was wir ... äh ... tun müssen, ist für Kinder nicht geeignet."

Was sie tun müssen, ist nicht jugendfrei? Haben sich die Foscarellis zur Teilnahme an einer Orgie angemeldet?

„Wären Sie so gut, auf ihn aufzupassen? Er ist absolut pflegeleicht."

Ich schüttele den Kopf. „Ich habe gar keine Erfahrung mit Kindern ..."

„Das macht nichts, dafür hat Adriano Erfahrung mit Erwachsenen."

Das klingt fast so, als würde der Knirps öfters in die Obhut völlig Fremder gegeben.

„Aber ...", trotze ich.

Zwecklos.

Cesare zeigt auf den Mann am Steuerruder des Wassertaxis, ein sehniger Mittvierziger mit aknenarbigem Gesicht und tiefen Labialfalten. Weil nur zwischen diesen Falten um den Mund Bartstoppeln sprießen, sieht er aus wie Homer Simpson. Er ist oben ohne, wegen der bereits wieder einsetzenden feuchten Hitze. Mir fällt auf, dass er wie jemand aussieht, der eigentlich über und über tätowiert sein müsste – Typ Schläger –, aber er hat kein einziges Tattoo.

„Das ist Vito. Er arbeitet für mich. Schon seit vielen Jahren. Eine treue Seele. Gehört quasi zur Familie. Ich schicke ihn zurück, sobald wir angekommen sind, dann kann er Ihnen zur Hand gehen. Er kann für Sie kochen."

Vito starrt mich an. Und spuckt Kautabak in den Kanal.

Ich schlucke schwer. „Das wird nicht nötig sein, ich komme schon zurecht."

Mit diesem Typ möchte ich lieber nicht allein sein. Andererseits ... ich bin ja nicht allein. Und vielleicht bin ich dankbar, wenn mir jemand die Beaufsichtigung von Adriano abnimmt.

Der Motor des Wassertaxis springt röhrend an.

„Ach ja", ruft mir Cesare über den Lärm hinweg zu. „Die Hunde bitte nicht allein lassen, wenn Sie das Haus verlassen. Sie haben Bindungsangst und kauen alles kaputt."

Die Hunde???

Marco wirft mir vom Heck des Bootes aus einen traurigen Blick zu. Jetzt erst fällt mir auf, wie leer und verlassen seine Achselhöhlen wirken. Die Puschel fehlen.

Ich schaue mich um. Zeus und Apollo sitzen wie chinesische Wach-Löwen zur Linken und zur Rechten des Eingangs. Als ob die Winzlinge irgendjemand Angst machen könnten.

Das Wassertaxi setzt sich in Bewegung.

Cesare winkt und brüllt: „Eins noch – würden Sie bitte die Fische füttern? Danke, Asti!"

Und schon braust das Wassertaxi davon.

Die Piranhas haben einen Anführer.

Das weiß ich, weil alle sich hinter den Grünpflanzen im Aquarium verkriechen, als ich mich davor aufbaue. Nur er nicht.

„Was fresst ihr denn so?", frage ich.

FLEISCH!, erwidert der Ober-Piranha, natürlich telepathisch.

Eine Schulfreundin von mir hatte Guppies. Ich meine mich zu erinnern, dass es eine kleine weiße Dose gab, aus der sie ganz spärlich etwas Trockenfutterpulver ins Wasser träufelte. „Nicht zu viel, sonst überfressen sich die Fische und sterben elendiglich!", pflegte sie dabei immer zu sagen.

Besonders an das schöne Wort *elendiglich* erinnere ich mich gut.

Aber hier steht nichts, was einer Futterdose auch nur entfernt ähnlich sieht.

Ich drehe mich zu Adriano, der auf einem der Küchenstühle sitzt und mit den Beinchen wippt. In der Hand hält er wieder sein knallrotes Spielzeugauto.

„Weißt du, was man den Fischen zu fressen gibt?"

Cesare hat mir ja versichert, dass Adriano Englisch versteht. Er ist der Sohn einer Engländerin und besucht eine Art bilingualer Vorschule. Wenn nicht gerade Sommerferien sind, so wie jetzt.

Aber Adriano sagt nichts.

Ob er und sein Halbbruder stumm sind? Könnte doch sein. Eine vererbte Sprechstörung.

Ich suche und finde eine winzige Vorratskammer. Sie beherbergt Marias Hexenbesen, eine Kehrschaufel und einen Handfeger, diverse Dosen mit Premium-Hundefutter und jede Menge Pasta und Pesto. Sonst nichts.

Ob man Piranhas mit Hundefutter füttern kann?

Vermutlich nicht.

Dafür stehen jetzt die beiden Spitze hechelnd und sabbernd hinter mir. Ich gehe sehr davon aus, dass Marco sie vor seiner Abreise mit je einer Dose hochwertigem Truthahn an Süßkartoffel beziehungsweise Hirsch-Kalb-Schaf verwöhnt hat. Die Sorten schließe ich aus den Bildern auf den Etiketten. Aber für den Fall, dass die Fütterung der Raubtiere in der Hektik des frühen Aufbruchs untergegangen sein sollte, öffne ich zwei Dosen und schütte deren Inhalt in den Napf neben der Spüle. Lieber im Fresskoma als verhungert. Die Hunde danken es mir, indem sie die Nassfutterbrocken quasi osmotisch in sich aufsaugen.

„Hast du schon gefrühstückt, Adriano?"

Sein Mund bleibt stumm, aber die riesigen, samtbraunen Augen hinter den dicken Brillengläsern werden noch etwas größer. *Was für die Hunde gilt, muss auch für anwesende Knaben gelten*, lese ich in ihnen. Ich öffne den Brotkasten und nehme zwei Cornetti heraus, die ich Adriano auf einem Teller serviere. In diesen wenigen Minuten, eigentlich Sekunden, haben die Hunde ihre Näpfe schon geleert und bauen sich jetzt erwartungsvoll vor Adriano auf, falls Krümel für sie abfallen sollten. Weil Adrianos Tischmanieren noch in der Entwicklung begriffen sind, tritt dieser Fall auch ein. Was den Vorteil hat, dass die gierigen Hundezungen den Fliesenboden gleich sauberlecken.

Ich spüre Piranha-Blicke im Nacken. Die haben eindeutig Hunger.

Mir fällt wieder ein, dass es auf dem Rialto-Markt einen Fischhändler gibt. Der weiß doch bestimmt, was Piranhas fressen. Im Zweifel andere Fische. Ich könnte dort ein paar kaufen und an sie verfüttern.

Stolz auf mein Talent zur Problemlösung widme ich mich aber erstmal einem drängenderen Problem. Meinem Kaffeedurst.

Es gibt natürlich nur Espresso. Der fix zubereitet ist. Und jetzt, wo kein erwachsener Italiener anwesend ist, der angesichts meiner Blasphemie in Ohnmacht fallen könnte, setze ich einen Wasserkessel auf und strecke den Espresso mit heißem Wasser.

Himmlisch!

Ich drehe mich zu Adriano. „Weißt du was? Wir gehen zum Markt und ich kaufe uns etwas Leckeres. Du darfst dir aussuchen, was immer du möchtest!"

Dass Adriano mich tatsächlich versteht, merke ich daran, dass er jetzt aufspringt, sein Spielzeugauto achtlos auf den Boden wirft und aus der Ecke einen Einkaufstrolley und einen Rucksack zieht.

Ich könnte das Spielzeug aufheben. Aber ich tue es nicht. Weil ich finde, Kinder müssen von allein lernen, wie man Ordnung hält.

Adrianos Trolley – also vermutlich nicht seiner, aber der seiner Familie – ist anthrazitgrau. So ein Teil haben auf dem Markt und sogar in den Vaporetti signifikant viele Einheimische. Möglicherweise bekommt man die als Einwohner von der Stadtverwaltung geschenkt. Die Alternative, dass nämlich in Venedig ein Einheitsgeschmack wie in China unter Mao herrscht, dünkt mir unvorstellbar.

Ich trinke meinen verlängerten Espresso aus und stehe auf.

„Andiamo!", rufe ich, schon total akklimatisiert.

Adriano nimmt einen der Hunde und versucht, ihn in den Rucksack zu stecken.

„Nein, nein", rufe ich. „Hunde gehören an die Leine."

Doch so sehr ich auch suche, es gibt keine Hundeleine. Nicht in der Küche, nicht in der Garderobe im Flur, auch nicht im Innenhof. Was zum Teufel?

Als ich wieder in die Küche komme, sitzt Adriano auf dem kalten Fliesenboden, einen der Spitze im Arm. Mit der freien Hand zeigt er auf ein Bild auf der Innenseite des Rucksacks.

Herrschaftszeiten, ein Hunderucksack!

Drei Piktogramme erklären Unbeleckten wie mir, wie man kleine Hunde und Katzen in den Rucksack schnallt, um mit ihnen die Welt zu erwandern, ohne dass die Pfötchen in Kontakt mit Scherben, Kieselsteinen oder Crackspritzen geraten. Das steht da nicht aufgemalt – das interpretiere ich in die Strichbildchen hinein.

Adriano bastelt derweil aus den Hundepfoten und den Rucksackschlaufen ein Knotenkunstwerk.

Soll ich mir wirklich zwei Hunde auf den Rücken schnallen?

Andererseits, wenn die Köter unter Trennungsangst leiden und die Wohnung in Klein- und Kleinstteile zerlegen, wird meine Haftpflichtversicherung das abdecken?

Da mich niemand in Venedig kennt und es somit egal ist, was die Leute von mir denken, beschließe ich, mich in mein Schicksal zu ergeben. Die Hunde sind den Rucksack sichtlich gewöhnt, sie wehren sich kaum. Und es ist nicht schwer, die weißen Fellteufel in ihre jeweilige Halterung zu platzieren und sicher festzuschnallen. Allerdings habe ich total unterschätzt, was zwei kleine Kläffer wiegen.

Die Antwort: erstaunlich viel.

Nicht im ersten Moment, aber schon nach ein paar Minuten habe ich das Gefühl, hintenüberzukippen. Ich muss mich mit Muskelkraft dagegenstemmen. Das sorgt für eine exorbitant gerade Haltung.

Mit der Rechten packe ich den Einkaufstrolley, Adriano schiebt sein klebriges Patschehändchen in meine Linke, und wir marschieren los.

Hey, was ist mit uns, höre ich die Piranhas denken.

„Ja doch, gleich gibt's Happahappa, gebt mir eine halbe Stunde, dann komme ich vom Markt zurück", rufe ich.

Wer sich Hunde auf den Rücken schnallt, kann auch mit Fischen reden. Der Zug der Normalität ist ohnehin längst abgefahren ...

„Sackzement!", kreische ich gleich darauf, als ich die Tür vom Innenhof zur Straße am Kanal öffne, weil zwei Männer und eine Frau mit dunklen Anzügen und Sonnenbrillen mit gespiegelten Gläsern vor mir stehen.

Ich kreische sonst nie. Das ist der Überraschungseffekt.

Blöde Touristen. Ich will mich an ihnen vorbeischieben, aber die drei weichen nicht zur Seite. Sie sehen aus wie die *Men in Black* auf Betriebsausflug. Wie gendert man das richtig? *People in Black?*

„Ja bitte?", sage ich, einen Ticken ungnädig. Da denke ich noch, dass sie einen Gipskopf erstehen wollen oder sich für die aufwändigen Schnitzereien der Eingangstür interessieren. So, wie sie aussehen, sind das vielleicht Kleriker in Zivil?

„Wir möchten zu Signore Cesare Foscarelli."

„Es ist niemand von der Familie da. Können Sie bitte später wiederkommen? Gegen Abend?"

„Ich fürchte, meine Angelegenheit duldet keinen Aufschub."

Der da so lässig auf Englisch mit mir parliert, sieht verdammt gut aus. Wie der Vater des David von Michelangelo, der sich trotz seiner Jahre erstaunlich frisch und knackig gehalten hat. Wir lernen: In Venedig gibt es keine Grauzonen, was Sexappeal betrifft – man trifft nur auf enorm gut aussehende oder enorm *nicht* gut aussehende Männer. Dazwischen gibt es nichts. Einem tiefsitzenden, urbayrischen Vorurteil folgend, denke ich, dass einer, der so gut aussieht, vermutlich schwul sein muss. Andererseits sind wir hier in Italien, und hier ist es womöglich anders.

„Darf ich erstmal fragen, wer *Sie* sind?", halte ich dagegen. Etwas ruppig, weil mich große Schönheit immer erstmal einschüchtert.

Der Gutaussehende zieht einen Ausweis aus seinem Sakko. Ein echt aussehender Ausweis, aber ich verstehe nichts von italienischen Dokumenten, und mit einem Kopierer und einem Drei-D-Drucker kann man ja ohnehin alles nachmachen.

„Commissario Contarini, Guardia di Finanza", stellt sich der Gutaussehende vor. Seine Stimme klirrt kalt. „Wir würden Ihnen gern ein paar Fragen stellen."

„Ah, Sie kommen wegen des Einbruchs!" Ich lenke den Trolley und das Kind zurück in den Innenhof. Cesare hat also doch die Polizei verständigt. So gehört es sich ja auch.

Weil ich den Polizisten in diesem Moment den Rücken zukehre, sehen sie sich mit den Hunden konfrontiert. Und andersherum. Die Tölen fangen an zu kläffen.

Ich wirbele sofort wieder herum, und tatsächlich: Die Hunde verstummen. Was sie nicht sehen, existiert für sie nicht. Ich glaube, die teilen sich zu zweit eine einzige Gehirnzelle. Nur zur Sicherheit wippe ich meinen Oberkörper auf und ab, wie man es mit umgeschnallten Babys macht, die man ruhigstellen will.

„Entschuldigung", sage ich. „Zeus und Apollo mögen keine Fremden." Ich zeige auf den Tisch und die Stühle im Innenhof. „Wollen Sie sich setzen?" Adriano klammert sich jetzt mit beiden Händen an mich. Als ob die Angst der Hunde auf ihn abgefärbt hätte. Ich tätschele seine schwarzen Locken. „Es wurde wohl nur etwas Kleingeld und ein alter Fotoapparat gestohlen", erkläre ich. „Mein Handy haben wir Gott sei Dank wiedergefunden. Es lag hier im Hof."

Contarini legt den Kopf schräg. „Einbruch?"

„Äh ... ja, wie ich gerade sagte. Hat Signore Foscarelli Sie nicht deswegen gerufen?"

Die beiden hinter Contarini wechseln einen Blick und grinsen.

Der Commissario behält sein Pokerface bei. Ein Gesicht übrigens, das mich an einen Schauspieler erinnert. Nur an welchen?

„Foscarelli hat uns nicht über einen Einbruch verständigt", sagt jetzt Contarini. „Die Guardia di Finanza beschäftigt sich außerdem nicht mit Bagatelldelikten."

Mister Klirrstimme kann einem wirklich Angst einjagen. Mich fröstelt.

„Uns geht es um den Mann, der gestern hier im Kanal zu Tode kam."

„Oh mein Gott, ja, den habe ich gesehen." Automatisch wippe ich etwas schneller. Die Hunde hecheln. Die Frage, warum sich die Finanzpolizei mit einem Leichenfund beschäftigt, stelle ich nicht. Vielleicht handelt es sich bei dem Toten ja um einen Steuerbetrüger. „Furchtbar!"

Contarini spitzt die Ohren. „Sie haben den Toten gesehen?"

„Ja. Also nein, ich habe ihn nicht wirklich gesehen. Aber als ich mich gestern Morgen auf den Weg in die Stadt gemacht habe, hat man ihn gerade vorn aus dem Wasser geborgen. Vorn, am Canale Grande." Ich zeige mit dem freien Arm nach rechts, merke, dass ich in die falsche Richtung zeige, und schwenke nach links.

Contarini atmet hörbar aus. „Canal Grande", korrigiert er mich.

Ich zucke nur mit den Schultern.

Die beiden anderen People in Black gehen an mir vorbei und betreten das Haus. Weil die Hunde sie jetzt sehen können, geht das Gebelle wieder los.

„Ich weiß nicht, ob Sie das ...", fange ich an.

Contarini unterbricht mich. „Wir dürfen das. Wir dürfen alles." Er zeigt auf den gusseisernen Tisch. „Wollen wir uns setzen?"

Auf dem Weg dorthin will er Adriano über die Locken streichen, der Kleine dreht jedoch seinen Kopf weg.

Ich nehme Adriano an die Hand, bleibe aber stehen. Zum Setzen müsste ich die Hunde abschnallen. Adriano funkelt Contarini böse an. Jetzt merkt man die

Familienähnlichkeit: Diesen finsteren Blick hat er mit Maria und Marco gemein.

„Aus!", klirrt Contarini.

Die Hunde verstummen.

„Würden Sie sich mir gegenüber bitte ausweisen?", bittet Contarini im Setzen. Weil er jetzt die Beine übereinanderschlägt, sieht man seine Socken. Ein grüner und ein roter. Angesichts seiner emotionslosen Dienstnach-Vorschrift-Attitüde schlussfolgere ich, dass es sich hierbei nicht um ein Fashion Statement handelt. Der Mann ist farbenblind. Vermutlich hält er beide Socken für grau. Unwillkürlich macht ihn mir das sympathischer.

„Ausweis. Natürlich." Ich muss in meiner Handtasche nicht lange nach meinem Reisepass suchen, er hat einen festen Platz in der kleinen Innentasche.

„Astrid Vollrath", liest er ab. „Aus Deutschland." Er sieht mich an. Immer noch Pokerface. Keine Ahnung, was er denkt. Doch wohl hoffentlich nicht, dass ich mit dem Tod dieses armen Mannes etwas zu tun habe?

„Sind Sie mit den Foscarellis verwandt oder verschwägert?"

„Was? Nein! Ich bin ein Gast des Hauses." Meine Stirn legt sich in Falten. „Ich bin vorgestern Abend eingetroffen und verbringe jetzt ein paar Tage in der Ferienwohnung von Cesare." Weshalb, das muss ich ihm ja nicht auf die Nase binden.

„Ferienwohnung?" Das Pokerface bröckelt nicht nur, es zerfällt schlagartig – und weicht bassem Erstaunen. „Cesare Foscarelli betreibt eine Ferienwohnung? Wohl kaum!"

„Doch, natürlich! Ich wohne ja dort. Ein sehr nettes Zimmer mit Bad. Oben unterm Dach. Ich denke, ich

bleibe bis morgen. Oder übermorgen. Es war ein ganz
spontaner Entschluss, nach Venedig zu kommen. Ich
habe das nicht groß geplant. Habe mich einfach in den
Zug gesetzt und bin losgefahren."

Warum plappere ich so sinnlos daher? Liegt das an
Contarinis stechendem Blick?

Ich wippe wieder. Nicht für die Hunde, jetzt brauche
ich selbst auch etwas Beruhigendes.

„Leider habe ich nichts mitbekommen, falls Sie das
wissen wollen. Absolut gar nichts. Es war die ganze Zeit
ruhig. In die Via Dolorosa kommt offenbar so gut wie kein
Tourist. Ich habe sie anfangs auch nicht gefunden." Ich
gehöre zu den Menschen, die Autoritätspersonen gegenüber immer automatisch ein schlechtes Gewissen haben.
Auch völlig ohne Grund. Ich habe ja schließlich nichts
angestellt. „Dass es einen Toten gab, habe ich nicht gleich
mitbekommen. Erst als man den Mann aus dem Wasser
zog, habe ich gehört, dass er in eine Schiffsschraube geraten sein soll."

Contarini gibt mir meinen Ausweis zurück. Er tippt
etwas in sein Handy. Etwa meinen Namen?

„Das ist richtig", sagt er dann und hebt den Blick.
„Die Schiffsschraube eines Müllbootes hat ihn erfasst.
Vorher hat ihm aber jemand das Genick gebrochen und
ihn anschließend in einen der Kanäle geworfen. Er hatte kein Wasser in der Lunge, war also schon tot, als er
im Kanal landete."

„Oh."

Ich schaue zu Adriano hinunter und lege meine Hände über seine Ohren. Er schüttelt sie ab.

„Das Kind sollte das besser nicht hören", flüstere ich,
als ob Adriano Englisch nur verstehen würde, wenn man
mit Normalstimme spricht.

„Nicht nötig. Es geht mir nicht um Einzelheiten. Aber die Nachbarn haben ausgesagt, dass sie den Mann vorgestern hier gesehen haben. Vor dem Eingang des Foscarelli-Anwesens." Er zieht ein Foto aus der Innentasche seines Jacketts und reicht es mir.

Der Mann auf dem Foto sieht aus, als ob er schläft. Was immer in die Schiffsschraube geraten sein mag, sein Kopf und sein Oberkörper waren es nicht.

Er hat ein ausgeprägtes Menjou-Bärtchen und viel Brillantine im Haar. Wer ihn je gesehen hat, vergisst ihn bestimmt nicht. Er wirkt wie aus der Zeit gefallen. Ein Gigolo aus den Goldenen Zwanzigern. Mit einem algengrünen, ölverschmierten Sakko, das ehemals weiß gewesen sein muss.

„Den kenne ich nicht", erkläre ich voller Überzeugung. Und ohne zu zögern. Obwohl in mir angesichts der weißen Leinenjacke kleine Alarmglöckchen klingeln.

Contarini schweigt.

Seine Kollegen treten aus dem Haus und bauen sich neben ihm auf. Eine links, einer rechts – wie Zeus und Apollo vorhin an der Tür. Bodyguards bleiben Bodyguards, ob sie nun zwei oder vier Beine haben.

„Sie sind vorgestern angereist? Wann genau sind Sie hier eingetroffen?" Contarini schlägt die Beine übereinander. Eilig scheint er es nicht zu haben.

Ich lege die Stirn in Falten. „Der Zug traf gegen halb sieben am Bahnhof ein. Dann habe ich ein paar Hotels abgeklappert. Auf der Suche nach einem Zimmer. Ich hatte nicht reserviert ..."

„Sie hatten nicht reserviert? In der Hochsaison?"

Er klingt, als sei ich damit als verlässliche Zeugin aus dem Rennen. Wie viele Tassen kann eine Frau im Schrank haben, die in der Hochsaison anreist, ohne zu reservieren?

„Wie ich eben schon sagte, habe ich den Entschluss, nach Venedig zu reisen, ganz spontan getroffen. Ich habe mich unterwegs online schlau gemacht und die Ferienwohnung von Cesare ... Herrn Foscarelli ... im Netz gesehen. Nachdem die Hotels kein Zimmer für mich hatten, bin ich hierher gekommen. Das muss so ... gegen acht gewesen sein? Ich bin mir nicht sicher. Mein Handy-Akku hatte den Geist aufgegeben.“

Contarini sagt etwas auf Italienisch über seine Schulter. Der Mann rechts von ihm zückt sein Handy und googelt. Wir anderen warten. Man hört nur das Hecheln der Hunde. Und ein vorbeidröhnendes Motorboot draußen auf dem Kanal. Dann steckt Contarinis Mitarbeiter sein Handy kopfschüttelnd wieder ein.

Contarini übersetzt das Kopfschütteln: „Foscarelli hat keine Ferienwohnung.“

Ich pruste laut auf. „Wenn ich es Ihnen doch sage! Ich wohne hier! Als Gast.“

„Und dafür babysitten Sie seinen Sohn und die Hunde?“

Ich schaue Adriano an und werfe einen Blick über meine Schulter, wo ich nur ein einzelnes weißes Flauscheohr sehe, weil ich kein Schlangenmensch bin und mich demzufolge nicht wie eine Brezel verbiegen kann, und zucke mit den Schultern.

„Ist diese Integration nicht beispielhaft für die typisch italienische Gastfreundschaft? Ich dachte, in Italien gehört man immer sofort zur Familie?“

Die drei lachen auf. Sehr fröhlich. Weil ich nicht weiß, was daran so witzig sein soll, werde ich etwas missmutig.

„Sie gehören also zur Familie? Das freut mich für Sie.“ Contarini lächelt maliziös. Ich habe noch nie jemanden maliziös lächeln gesehen, aber für das, was er mit seinen Mundwinkeln macht, gibt es keinen treffenderen Ausdruck.

„Wie ich schon sagte, habe ich nichts gesehen. Und ich kenne den Toten nicht. Damit wäre dann ja wohl alles gesagt. Cesare kommt heute Abend zurück. Vielleicht schauen Sie dann noch einmal vorbei."

Contarini steht auf.

„*Scusi* ..." Der weibliche Teil von Contarinis Anzugträgern schaut mich an. Plötzlich wirkt sie erstaunlich menschlich. Vielleicht auch deshalb, weil sie ihre Sonnenbrille abnimmt. „Sind die Bilder im ersten Stock von Ihnen, Signora?", fragt sie mit einem entzückenden italienischen Akzent auf Englisch.

Contarini und ihr männlicher Kollege starren sie fassungslos an.

Sie wird rot. „Die sind wunderschön ... die Hunde und das Kind sind so gut getroffen, als ob nicht nur ihr Aussehen, sondern auch ihre Seele abgebildet wären ... die Gemälde haben eine ganz besondere Ausstrahlung ..." Ihre Stimme verliert sich.

„Wie bitte?", klirrt Contarini genervt.

Sie zuckt mit den Schultern. „Mir geben die was."

Ich eile ihr schwesterlich zu Hilfe. „Es sind wirklich großartige Bilder, aber sie stammen nicht von mir. Marco Foscarelli hat sie gemalt. Man denkt es nicht, wenn man ihn so sieht, aber in ihm schlummert ein wirklich großartiger Künstler."

„Oh", sagt sie.

„Wär's das jetzt, Signorina Barozzi?", brummt Contarini seiner Mitarbeiterin zu.

Sie setzt ihre Sonnenbrille wieder auf und verwandelt sich vor meinen Augen von der künstlerisch interessierten jungen Frau in einen Roboter, der seine Pflicht tut.

Contarini tritt auf mich zu, beugt den Kopf zu mir herunter und raunt mir in bester Arnold-Schwarzenegger-Manier ins Ohr: I'll be back!

Nein, Scherz, das tut er natürlich nicht. Er sagt nur: „Auf Wiedersehen, Signora. Und es wird ein Wiedersehen geben, das versichere ich Ihnen."

Aber ein Abgang à la Terminator hätte ihm echt ähnlichgesehen.

„Frechheit!", schimpfe ich den entschwindenden Rücken hinterher. Natürlich erst, als sie außer Hörweite sind.

Ich hätte erwartet, dass sie in ein Schnellboot springen und davondüsen, aber sie gehen forschen Schrittes bis zur nächsten Abzweigung und biegen in eine schmale Gasse.

Ich würde am liebsten die Eingangstür zuknallen, so empört bin ich über diese unfreundliche Behandlung.

Okay, ich bin Gast in diesem Land, mir steht kein Urteil zu. Aber was sind denn das für Manieren? Gilt für die italienische Polizei etwa nicht die Prämisse, Freund und Helfer zu sein? Wieso werde ich denn bitte schön wie eine mögliche Verdächtige behandelt? Ich, Astrid Vollrath! Eine unbescholtene Bürgerin. Zwar keine Bürgerin dieses Landes, aber trotzdem. Was glaubt dieser Mensch, wer er ist? Und ist er überhaupt ein echter Polizist?

In mir köchelt es.

Erst jetzt bemerke ich die Blicke, die auf mir ruhen.

Auf einem Balkon auf der anderen Kanalseite sitzt ein alter Mann in einem ehemals vermutlich weißen Unterhemd und Micky-Maus-Boxershorts. Seine Krampfadern kann ich von der Eingangstür der Foscarellis aus sehen, so knorrig stehen sie hervor. Als er merkt, dass ich ihn entdeckt habe, schenkt er mir ein zahnloses Lächeln.

In einem der Fenster des Nebenhauses sehe ich eine junge Mutter mit einem Baby an der Brust. Eine schöne Frau, mit wild zerzausten Haaren und einem knittrigen Kleid. Erinnert mich an die junge Sophia Loren.

Lebende Überwachungskameras, wohin man auch blickt.

Wo ich schon in der Tür stehe, kann ich jetzt auch wirklich zum Markt gehen, denke ich. Zumal Adriano an meiner Hand zieht. Ich vergewissere mich, dass ich den Hausschlüssel eingesteckt habe, und marschiere los. Adriano an der Hand, die Hunde auf dem Rücken.

Erst zwei Brücken weiter fällt mir auf, dass ich den Einkaufstrolley vergessen habe. Verflixt und zugenäht!

Ich will aber nicht zurückgehen. Die Marktbeschicker werden doch wohl Tüten haben.

Auch fürs Trolley-Vergessen gebe ich Commissario Contarini die Schuld. Depp!

Das ist genau die richtige Stimmung, um mich bei Hagen zu melden. Und ohne Trolley habe ich ja immerhin eine Hand frei.

Gott sei Dank habe ich mein Handy eingesteckt. Ich gebe seine Kurzwahlnummer ein.

Falls ich damit gerechnet haben sollte, es am anderen Ende der Leitung mit einem zerknirschten Lebenspartner zu tun zu bekommen (und ja, das habe ich!), sehe ich mich getäuscht.

„Herrschaftszeiten, wo bist du? Die Passauer haben auf dich gewartet! Die sind stinkesauer!"

Weil ich in der einen Hand das Handy halte und mit der anderen das Patschehändchen von Adriano, kann ich nicht fuchteln, sondern nur mit dem Kopf wackeln. Das dafür heftig. Wie so ein Wackeldackel im Hutablagen-Fond eines Familienwagens aus den Siebzigern.

„Kein Hallo? Kein Wie-geht's-dir? Und vor allem kein: Schatz, es tut mir leid?", gifte ich.

Hin und wieder bin ich begeistert, was die moderne Technik alles zu leisten vermag. Zum Beispiel eine Verbindung von Venedig bis nach München, die so perfekt ist, dass ich Hagen in diesem Moment sogar genervt ausatmen hören kann. Wahrscheinlich zählt er auf zehn. Das hat er mal in einem Managementseminar gelernt – immer erst auf zehn zählen, bevor man explodiert. Weil dann die Chance besteht, dass die brennende Lunte des inneren Sprengkörpers weggeatmet wird.

„Astrid, ich bitte dich, wir haben schwer dafür gearbeitet, uns als Kanzlei ein Renommee aufzubauen. Und du gefährdest das wegen privater Emotionen. Wenn du wenigstens abgesagt hättest, aber nein, du hast die Passauer einfach sitzen lassen!"

Ich schaue zu dem Knirps an meiner Hand hinunter. Wirklich ein süßes Kind. Brav läuft er neben mir her, freut sich so sehr auf sein Gelato oder sein Cornetto, dass er eigentlich mehr hüpft als geht.

Die Flüche, die mir wegen Hagen auf der Zunge liegen, bringe ich einfach nicht über die Lippen. Auch wenn es deutsche Flüche sind und Adriano sie somit nicht verstehen kann, würden die damit einhergehenden Begleit-Schwingungen der Kinderseele zweifelsohne einen potenziellen Schaden zufügen. Also hole ich nur mehrmals tief Luft, was – wegen der guten Technik – ebenfalls bis nach München zu hören sein dürfte.

„Mein Gott, Astrid, jetzt mach doch aus einer Mücke keinen Elefanten! Dir muss doch klar sein, dass mir das mit Gabi nichts bedeutet. Das ist wie ...“

„... eine Stunde Cardio im Fitnessstudio?"

„Jetzt bleib doch mal ernst."

Im Hintergrund höre ich ein Klopfen. Typisch für ihn: Wenn er nervös wird, trommelt er mit den Fingerspitzen auf seine Schreibtischplatte.

„Was willst du von mir hören?", fragt er. „Dass es mir leidtut? Bitte schön, es tut mir leid."

Selten wurde eine Entschuldigung so reuelos ausgesprochen. Ja klar, es tut ihm leid, erwischt worden zu sein, nicht, dass er mich betrogen hat. Seit zwei Jahren!

„Wir werden umziehen müssen", sage ich. „Du erwartest ja sicher nicht, dass ich weiter mit Gabi Wand an Wand wohne."

„Tickst du noch richtig? Wir haben die Wohnung noch nicht einmal abbezahlt. Hör zu ..." Das Klopfen hört auf. „... ich verspreche dir, Gabi nie wieder zu sehen. Es ist aus und vorbei. Das war nichts weiter als ein einmaliger Ausrutscher."

Ein Zwei-Jahres-Ausrutscher, denke ich.

„Echt jetzt, den gibt es doch in jeder Beziehung ... ich gebe zu, im eigenen Wohnhaus ... äh ... auszurutschen, war nicht besonders clever, aber es ist nunmal passiert. Wir sind alle nur Menschen. Schwamm drüber." Plötzlich klingt er, als sei ihm gerade ein Licht aufgegangen. „Du darfst dir jetzt auch einen Ausrutscher genehmigen, was hältst du davon? Wo immer du bist, sportele dir heute Abend den Frust mit jemand vor Ort vom Leib. Glaube mir, das befreit. Und morgen kommst du wieder zurück. Dann ist alles vergeben und vergessen, und wir fangen nochmal neu an. Das passt zeitlich gut – ich habe die Passauer auf übermorgen vertrösten können."

Unwillkürlich taucht das Gesicht von Contarini vor mir auf. Ein Quickie mit dem Commissario?

„Eine Nacht der Leidenschaft soll so viel wert sein wie deine zweijährige Bettgymnastik mit Gabi? Das merkst du jetzt selber, wie bescheuert diese Rechnung ist, oder?"

Er brummt. „Komm erstmal zurück. Dann reden wir. Oder ... wir machen Paartherapie. Ich wäre dazu bereit. Oder wir fahren übers Wochenende mal weg – Prag oder ins Elsass. Du darfst es dir aussuchen. Alles, was du willst." Er verstummt, und ich kann ihn förmlich denken hören. „Wenn du verreisen willst, dann geht das natürlich nicht nächstes Wochenende, da muss die Buchhaltung von Schröder und Feinbrinck abgeschlossen werden. Und wenn wir die Passauer für uns gewinnen können, müssen wir deren Buchhaltung ja auch in trockene Tücher bringen. Aber danach ..."

Ich biege auf die lange Gerade ein, die zur Rialto-Brücke und somit zum Markt führt. Deutlich mehr Menschen sind nun um uns herum, und die addierte Körperwärme sorgt dafür, dass es mir noch heißer vorkommt, als es eigentlich sein kann. Gefühlt fünfzig Grad. Aber vermutlich nur fünfunddreißig. Sonst wären wir ja alle schon zu Pfützen zerflossen.

Ich gehe wie in Trance, unfähig, jetzt und hier eine Entscheidung zu fällen.

„Astrid! Wir sind doch erwachsen. Ich habe Mist gebaut. Aber wir finden eine Lösung. Das war doch von jeher unsere größte Stärke als Paar – immer lösungsorientiert und pragmatisch zu denken. Du wirst mich doch nicht wegen eines läppischen Fehlers in die Wüste schicken! Das bist nicht du. Die Astrid, die ich kenne und liebe, ist rational und vernünftig."

Da hat er nicht Unrecht. Die Astrid, die *ich* kenne, ist auch vernünftig, rational und lösungsorientiert.

Keine Ahnung, was gerade hinter meinem Rücken abgeht, aber Zeus und Apollo fangen an zu kläffen. Ihre kleinen Hundekörper bewegen sich und bringen mich ins Ungleichgewicht.

„AUS!", brülle ich. Weil ich mich über Hagen ärgere, brülle ich das mit einer Vehemenz, die Zeus und Apollo nicht nur zum Verstummen bringt – sie hängen schlagartig reglos in den Schlaufen des Rucksacks. Als ob sie synchron in Ohnmacht gesunken sind.

„Wie bitte? Aus?", fragt Hagen konsterniert. In all unseren gemeinsamen Jahren bin ich ihm gegenüber nie laut geworden.

„Ich meine nicht dich. Ich rede mit den Hunden."

„Hunde? Was für ... Jetzt sag schon, wo bist du überhaupt?" Die Fingerkuppen nehmen das Trommelsolo wieder auf. „Ich habe Gisi angerufen, aber die hat mir nur einen Vortrag über Treue und Moral gehalten."

Gute Gisi! So geht wahre Freundschaft!

„Astrid, jetzt komm bitte zur Vernunft. Du musst übermorgen in Passau sein. Ich kann das nicht auch noch übernehmen – der alte Feinbrinck sitzt mir im Nacken. Wenn die Passauer unsere Kanzlei beauftragen, hätten wir für dieses Jahr ausgesorgt, das weißt du doch!"

In der Tat, das weiß ich. Aber was ich hören will, ist, dass er mich vermisst, dass er gemerkt hat, dass er ohne mich nicht leben kann, dass er eine katastrophale Dummheit begangen hat und ich ihm bitte-bitte-bitte verzeihen soll.

Und dann denke ich, dass Hagen nicht so ist. So romantisch. So gefühlvoll. So war er noch nie. Es ist unfair, in dieser Situation zu erwarten, dass er sich charakterlich um hundertachtzig Grad kehrtwendet.

Adriano zerrt plötzlich an meiner Hand und zeigt auf eine Eisdiele. Wir sind am Rialto-Markt angekommen. Ich nicke zu ihm hinunter.

„Hagen ...", fange ich an. Unschlüssig, wie ich das, was mir durch den Kopf geht, formulieren soll. „Die Sache mit der Familiengründung. Baby und so ..."

Ich höre ihn aufjaulen. Und das, obwohl der Lärmpegel um mich herum immer mehr anschwillt, je mehr wir uns der Rialto-Brücke nähern.

„Herrschaftszeiten, Astrid, dir muss doch klar sein, dass die Gabi nicht von mir schwanger ist. Wir machen es immer mit Kondom! Sie hat auch was mit ihrem Chef am Laufen. Obwohl ich ja dachte, der ist schwul. Aber offenbar eher bi. Jedenfalls ..."

Ich bleibe abrupt stehen. Adriano schaut fragend zu mir auf.

„Gabi ist schwanger?"

„Ja. Davon reden wir doch gerade. Oder etwa nicht? Deswegen haben wir auch alkoholfreien Secco getrunken. Das muss dir doch aufgefallen sein."

Sowas aber auch, nein, das war mir nicht aufgefallen. Ich hatte nur Augen für die haarigen Hinterbacken meines Lebensgefährten, die zwischen den überlangen, gut durchtrainierten Beinen unserer Nachbarin rein und raus wippten.

Weil ich spontan mittig im Weg zu einer Salzsäule erstarrt bin, müssen die Touristen- und Marktbesucherströme um mich herum fließen. Prompt kommt es zu einem Verkehrsstau.

„Astrid? Bist du noch da?"

„Kondome sind bei perfekter Anwendung zu 98 Prozent sicher. Bleibt ein Restrisiko von ...“

„Jetzt werde bitte nicht albern. Das Kind ist nicht von mir. Wir können ja einen Vaterschaftstest machen lassen, wenn du dich dadurch besser fühlst.“

Er klingt vorwurfsvoll. Ich weiß, was er denkt: Im Grunde ist alles meine Schuld. Wäre ich nicht noch einmal nach Hause gekommen, könnte er seinem aufregenden Doppelleben, dem er seit zwei Jahren gefrönt hat, ungestört weiter nachgehen.

Hagen hat mit der Einschätzung meiner Person natürlich recht. Ich bin rational. Immer gewesen. Vernunft kommt vor Emotion. Aber generell zeichnet sich alles, was lebt – und wir Menschen im Besonderen –, dadurch aus, dass wir uns ständig ändern, wachsen, lernen. Was sich nicht verändert, ist tot.

Kurzum, hätte mein Leben einen Sprecher, der aus dem Off ansagt, was gerade in mir vorgeht, dann würde der in diesem Moment sagen: *An diesem späten Vormittag in Venedig entdeckt Astrid Vollrath, dass sie so etwas wie Gefühle hat. Die man verletzen kann. Und sogar Leidenschaft.*

Und weil das, was lange im Untergrund schlummerte, nicht einfach vorsichtig herauslugt, wenn man es aus süßem Schlummer weckt, sondern überkocht und eruptiert wie der verdammte Vesuv, setze ich das Gespräch mit Hagen nicht länger fort, unterbreche nicht einmal die Verbindung, sondern schreite zügig zu meinem geliebten Canale Grande, der sich entgegenkommenderweise vor mir ausbreitet, hole mit dem Arm ganz weit aus und schleudere mein Handy in den Kanal.

Aus die Maus. Basta!

Kalorienbomben sind ja eigentlich der Erzfeind für alle, die auf ihre Linie achten. Aber egal, wie viel Schokoladeneis ich in mich hineinlöffle, meine Ohrringe werden mir trotzdem passen. Ich schlage also ohne Reue zu.

Es ist ungemein beruhigend, Adriano dabei zuzusehen, wie er sein Eis schleckt. Was genau er seinem Körper zuführt, weiß ich nicht, es ist eitergrün mit exkrementbraunen Krümeln. Doch offenbar ist es enorm lecker. Adriano strahlt über alle vier Backen.

Wir stehen vor der Eisdiele am Rialto-Markt. Im Schatten unter der Markise, damit weder das Eis in unseren Händen noch die Hunde auf meinem Rücken schmelzen.

Die supernette Eisdielenmitarbeiterin hat extra eine Schüssel mit Wasser gefüllt und sie Zeus und Apollo zum Trinken hingehalten, damit ich sie nicht abschnallen musste.

Obwohl Adriano immer noch ein Fremdkind ist, entwickele ich allmählich mütterliche Gefühle. Diesem süßen Knirps zuzusehen, wie seine Zunge genüsslich über das eitergrüne Eis fährt, ist exorbitant erdend, nachgerade meditativ. Am liebsten würde ich ein Selfie mit ihm machen und es meiner Freundin Gisi schicken. Bildunterschrift: *Bin jetzt Ersatzmutti. Kinder? Kann ich!*

Überraschend schnell ist Hagen kein inneres Thema mehr. In mir macht sich der Vorsatz breit, die ganze Angelegenheit vom Karma erledigen zu lassen. Zumal ich, wenn *ich* es erledigen würde, in den Knast käme. Soll doch Hagen mit Gabi und ihrem Chef eine Patchworkfamilie gründen. Ich bin raus.

Eine kurze Schleckpause, als mir klar wird: Ja tatsächlich, ich bin raus. Das überrascht mich ein bisschen. Hatte ich Hagen nicht einst geliebt? Müsste ich da nicht viel länger leiden? Mir die Augen ausheulen? Mir die Haare ausreißen?

Aber dann denke ich, dass unsere Liebe wie ein kleines Häuschen im Grünen war. Auf das eine Bombe mit Namen Gabi runterging. Jetzt gibt's nur noch Schutt und Asche. Um Schutt und Asche heult man nicht. Da kann man nichts mehr wiederaufbauen. Man klopft sich den Staub ab und wagt sich unerschrocken an einen Neuanfang. Alles andere wäre feig. Und das Leben ist zu kurz für Feigheit vor dem Feind namens Herzschmerz.

Wenn mir etwas zu schaffen macht, ist es die Tatsache, dass uns die Kanzlei und die Wohnung gemeinsam gehören. Bis das Auseinanderklamüsern geregelt ist, werden Monate ins Land ziehen. Wenn nicht gar Jahre. Das wird kein Ende mit Schrecken, sondern ein Schrecken ohne Ende ...

Ich seufze und löffele weiter.

Wegen unseres hitzebedingten Hochgeschwindigkeitseisessens sind wir gleich darauf fertig.

Adriano zeigt auf einen Stand mit süßen Backwaren. Ich nicke, ziehe ihn aber weiter. Ich will unbedingt etwas Frisches vom Markt mitnehmen. Äpfel. Erdbeeren. Irgendwas mit lebenden Vitaminen, die wie Mini-Fitnesstrainer das Immunsystem trainieren.

Gleich am ersten Stand lachen mich saftige Tomaten der Region an. Ich kaufe zehn, weil man das mit den Fingern am problemlosesten kommunizieren kann. Der Marktbeschicker ist einer der wenigen in ganz Venedig, der kein Englisch sprechen kann. Oder will. Aber er redet fröhlich lächelnd in Italienisch auf mich ein, während er die Tomaten in eine Papiertüte packt.

Um zu bezahlen, lasse ich ganz kurz die Hand von Adriano los. Mit dem Eis und den Tomaten ist auch mein letztes Kleingeld futsch. Ab jetzt heißt es: Kreditkarte zücken. Was doof ist, weil Hagen – sollte er wirklich herausfinden wollen, wo ich bin – nur bei unserer Bank anrufen muss, um sich die neuesten Kreditkartenumsätze ansagen zu lassen.

Als ich gerade überlege, ob die Tomaten noch in den Hunderucksack passen und, falls ja, ob sie dann nicht unterwegs von den schwitzigen Körpern der hechelnden Hunde zu Ketchup püriert werden, fällt mir auf, dass der kleine Lockenkopf nicht mehr neben mir steht.

„Adriano?", rufe ich und schaue mich um.

Unglaublich viele kleine Venezianerknirpse laufen zwischen den Marktständen herum. Die Kindererziehung kommt mir hier lässiger vor.

Noch mache ich mir keine Sorgen.

Das ändert sich schlagartig, als ich Adriano entdecke.

An der Hand eines fremden Mannes.

Adriano schaut sich zu mir um. Seine Augen hinter den dicken Brillengläsern sind noch größer als ohnehin schon. Vor Angst.

Er bockt, aber der Fremde ist stärker. Er hebt Adriano hoch, der wie wild mit den Babyspeckbeinen strampelt.

„Lassen Sie sofort das Kind los!", brülle ich laut, dass sogar die Möwen auffliegen, die wie immer an den Fischständen versucht haben, sich etwas Frischgefangenes zu sichern. Der Tomatenhändler neben mir verschluckt sich vor Schreck an seinem Espresso-to-go und hustet.

Ich laufe hinter dem Fremden her. Der einen weißen Leinenanzug trägt.

„Lassen Sie das Kind los!", wiederhole ich mit all der Strenge, die ich aufbringen kann.

Er will in eine der Gassen laufen, die vom Rialto-Markt abzweigen, aber ausgerechnet in diesem Moment versperrt ihm eine Gruppe Nonnen den Weg.

Ich hole ihn ein.

„Loslassen!", gelle ich und packe sein Leinensakko.

In meinem Adrenalinrausch merke ich nicht, dass ich auf Deutsch brülle. Die ganze Zeit schon. Womöglich greift deswegen niemand ein. Ich wirke wie eine Furie, sichtlich nicht von hier, die einem braven Venezianer den lockigen Knaben entreißen will. Ein Knabe, der dem Mann deutlich ähnlicher sieht als mir. Wenn überhaupt, bin ich in diesem Szenario die Böse.

Nur eine der Nonnen legt dem Kindskidnapper die Hand auf den Arm. Sanft, vermittelnd.

Er schüttelt sie ab und will sich seitlich absetzen.

Da habe ich aber bereits meine Taktik geändert und Adrianos Oberkörper gepackt.

Mittlerweile haben auch Zeus und Apollo begriffen, dass etwas nicht stimmt, und kläffen sich die Hundelungen aus den felligen Leibern. Der Rucksack bebt.

Der Kidnapper lässt Adriano nicht los. Trotz schickem Anzug sieht er zwar ölig und kriminell aus, wie ich finde, aber er plaudert beschwichtigend auf die Nonnen ein, die anfangen, ihn anzulächeln und mich mit kritischen Blicken zu bedenken. Gott weiß, welchen Bären er den frommen Frauen aufbindet. Ich habe keine Chance.

Trotzdem gelle ich „Pädofilio!". Ich hoffe, das heißt so viel wie Kinderschänder, und irgendeine der umstehenden Frauen – Nonne oder Nicht-Nonne, egal – ergreift Partei für mich.

Meine Hoffnung erfüllt sich nicht.

In der Ferne entdecke ich einen Uniformierten, den ich für einen Polizisten halte.

Ich will mich ihm bemerkbar machen und „Hilfe!" rufen, oder besser noch „Help!", weil ich keine Ahnung habe, was Hilfe auf Italienisch heißt, aber da sehe ich, dass der Kidnapper etwas aus seinem Sakko gezogen hat. Ein Messer?

Ein Energieriegel wird es wohl eher nicht sein.

Jedenfalls bleibe ich nicht lange genug, um mich zu vergewissern.

Mit einem kräftigen Ruck ziehe ich Adriano aus dem Griff des Mannes und haste mit dem Kind im Arm und heftig wippenden Hunden auf dem Rücken los.

Weil es auf dem Markt vor Menschen nur so wimmelt, sind meine Fluchtmöglichkeiten begrenzt. Links die Marktstände, rechts die Uferpromenade, auf der unzählige Touristen stehen und Selfies mit der Rialto-Brücke schießen – es bleibt nur Option drei: geradeaus.

Direkt auf den Canale Grande zu.

Das ist natürlich nicht ideal. Schlimmer als nicht ideal – das könnte ein Schachmatt für mich bedeuten.

Am Kai drehe ich mich um.

Der Leinenanzugträger schreitet ganz gemächlich auf mich zu. Er weiß, dass ich mich selbst ins Aus manövriert habe. Und weil er so souverän wirkt und ich so panisch, spüre ich deutlich, bei wem die Sympathien jener Umstehenden liegen, die auf uns achten. Das sind wenige. Man glaubt es kaum, aber auf dem Markt geht es so quirlig zu, dass viele gar nicht mitbekommen, wie ich hier um die Sicherheit eines Kindes kämpfe.

Ich schaue Adriano an. Der hat sich mittlerweile an mich geklammert wie ein Ertrinkender an einen Rettungsring. Stärker noch – wie das Alien in den *Alien-*

Filmen an seine Opfer. Der Blick in die riesigen Augen des Kleinen weckt die Megäre in mir. Zu allem entschlossen schaue ich zu dem Kidnapper, der ein breites, siegessicheres Grinsen im Gesicht trägt.

Da höre ich hinter mir ein Geräusch.

Jemand hat den Motor eines Bootes angeworfen.

Wenn das kein Wink des Schicksals ist, weiß ich auch nicht.

Ich laufe also die zwei, drei Meter zur Anlegestelle und springe in das Boot.

Es ist ein kleines Motorboot, nicht mehr ganz taufrisch, gemasertes Holz, beige Sitze, bereits losgemacht und fahrbereit. Ein braves Boot, das bestimmt seit Jahren getreulich seinen Dienst versieht und seinen Besitzer gewissenhaft querbeet durch die Serenissima bringt.

Aber dem Ansturm einer groß gewachsenen Deutschen mit einem Kleinkind im Arm, zwei Hunden auf dem Rücken und – tatsächlich immer noch – einer Tüte Tomaten in der Hand ist das Boot nicht gewachsen. Es wackelt wie verrückt und bekommt so dermaßen Schlagseite, dass der Mann am Steuerruder, der mich mit offenem Mund fassungslos anstarrt, zur Seite kippt, das Gleichgewicht verliert und im Canale Grande landet. Gleich darauf taucht er wieder auf, prustet Kanalwasser aus und schreit sich seine Empörung markerschütternd aus dem Leib.

Ja, jetzt haben wir die ungeteilte Aufmerksamkeit des Publikums.

Normalerweise hätte ich den Skipper selbstverständlich herausgezogen oder ihm doch wenigstens den Rettungsring zugeworfen, der am Boot festgemacht ist, aber meine Prioritäten liegen in diesem Moment woanders.

Der Leinenanzugträger bewegt sich nämlich schneller. Ganz eindeutig mit dem Ziel, ebenfalls ins Boot zu springen.

So nicht!

Weil unsere Steuerkanzlei eine Boutiquebesitzerin am Starnberger See betreut, deren Gatte uns einmal im Jahr zum Barbecue und einer Bootsfahrt auf sein Seegrundstück einlädt, bin ich nicht ganz unbeleckt, was das Bootfahren angeht. Ich weiß, was ein Schalthebel ist, mit dem man vorwärts fahren und Gas geben kann. Der Zündschlüssel ist ja schon umgedreht.

Ich setze Adriano ab und das Motorboot in Bewegung. Gleich mal mit Tempo. Exakt in dem Moment, als der Kidnapper Anlauf genommen hat und springt.

Platsch, schon strampelt er im Kanal.

Gut, denke ich, dann kann er dem Bootsbesitzer Gesellschaft leisten. Ich bin mir sicher, das Schwimmen hier wird als Ordnungswidrigkeit geahndet.

Ich steuere das Boot in die Mitte des Kanals, Richtung Rialto-Brücke.

Über das Dröhnen des Motors und das Kläffen der Hunde hinweg höre ich die Schreie der Umstehenden. Soll mir recht sein, hoffentlich wird die Polizei auf uns aufmerksam. Wenn ich denen in Ruhe erkläre, dass der Mann das Kind entführen wollte, werden sie auf meiner Seite sein. Jetzt nur ein bisschen Geduld, denke ich, dann wird alles gut.

Pustekuchen.

Als ich über meine Schulter nach hinten schaue, sehe ich, wie der Bootsbesitzer gerade von zwei Männern aus dem Wasser gezogen wird. Der Kidnapper dümpelt noch und scheint Handzeichen zu geben. Aber wem?

Die Antwort offenbart sich noch in derselben Sekunde: Er winkt einem schwarzen Motorboot zu, von dem er gleich darauf eingesammelt wird.

Die werden doch wohl nicht ...?

Doch, sie nehmen die Verfolgung auf.

Und das schwarze Teil ist enorm schnittig. Deutlich schnittiger als mein in die Jahre gekommenes Holzbötchen. Gleich werden sie uns eingeholt haben!

„Leg dich auf den Boden, sofort!", befehle ich Adriano. Der auch unmittelbar gehorcht. Er weiß, dass es jetzt brenzlig wird.

Die Hunde wissen das auch. Schisser, die sie sind, verstummen sie.

Ich gebe Gas.

Sowas wie die Formel eins gibt es doch bestimmt auch für Boote? Ich kenne mich nicht aus. Sport ist nicht so meins. Aber ich fühle mich wie der Niki Lauda der Rennboote.

Mittig brause ich unter der Rialto-Brücke hindurch.

Das entspricht offenbar nicht den geltenden Verkehrsregeln auf europäischen Wasserstraßen. Was mir von der Legion an anderen Booten auf dem Kanal auch deutlich gespiegelt wird. Wildes Hupen, Schreie, eindeutige Gesten.

Was mir nicht bewusst war – und bitte, wer macht sich das schon klar, wenn er noch nie in Venedig weilte? –, ist die Verkehrsdichte auf dem Canale Grande. Das ist kein idyllisches Gewässer, auf dem hin und wieder eine Gondel lautlos vorbeigleitet. Im Gegenteil, der Canale Grande ist eine mehrspurige Autobahn. Schnellboote aller Art, große Barkassen, die Vaporetti mit den Touristen, ja, auch mal eine Gondel, dann wieder

Motorboote, Transport- und Müllschiffe. Auf dem Wasser steppt der Bär.

Und jetzt auch ich.

Und das schwarze Boot hinter mir, das deutlich schneller ist. Oder vielleicht nicht schneller, aber es steht jemand am Steuerruder, der sich – im Gegensatz zu mir – mit Steuern auskennt. Und vermutlich auch mit Rudern.

Gleich darauf fährt das schwarze Teil neben uns. Der nasse Kidnapper versucht, sowas wie einen Enterhaken auszuwerfen.

Ich reiße das Steuer nach links und schneide einem Vaporetto den Weg ab.

Was eine dröhnende Schiffshupe und einen ausgestreckten Mittelfinger des Vaporetto-Steuermannes zur Folge hat.

Ich reiße das Steuer nach rechts, um einem Wassertaxi auszuweichen.

Das schwarze Boot holt uns wieder ein, jetzt auf der anderen Seite.

Ich habe die Tüte mit den Tomaten fallen lassen. Adriano sieht sie, zieht sie zu sich und fängt an, mit den Tomaten nach dem Kidnapper zu werfen.

So süß!

Und wie erstaunlich treffsicher der Kleine schon werfen kann. Zwei der Tomaten finden ihr Ziel im ehemals weißen, jetzt aufgrund des Kanalwasser leicht grün-gräulichen Anzug des Kidnappers, eine Tomate landet im Gesicht des Mannes am Steuerruder.

Ich versuche derweil, mich durch den Verkehr zu fädeln.

Erstaunlicherweise bin ich dabei innerlich ganz ruhig. Das ist auch in der Kanzlei immer meine größte

Stärke – selbst unter größtem Stress ruhig und überlegt handeln zu können. Man denke nur an damals, als mitten in der heißen Jahresabschlussphase das Finanzamt eine Steuerprüfung bei einem unserer Freiberufler-Klienten durchzog. Wer blieb damals die Ruhe in Person, während alle in Panik gerieten und der Klient hyperventilierend auf dem Parkettboden lag? Ich.

Ruhig überlege ich, wie ich unsere Verfolger abschütteln kann.

Aber ich muss zugeben, meine nachgerade buddhagleiche Gelassenheit gerät ins Wanken, als ich zu dem schwarzen Boot schaue und sehe, dass der Kidnapper jetzt eine Schusswaffe in der Hand hält!

„Auf den Bauch!", brülle ich Adriano zu. Mein Fuß sucht unwillkürlich das Gaspedal, um es noch weiter durchzutreten. Unterhalb der Taille hat mein Körper offenbar noch nicht mitbekommen, dass wir uns in einem Motorboot und nicht in einem Auto befinden.

Gott sei Dank zielt der Kidnapper auf mich, nicht auf das Kind. Obwohl ... er könnte natürlich auch die Hunde treffen.

Ich lasse meine Blicke schweifen. Kann ich nicht irgendwo seitlich abbiegen?

Da sehe ich ein Polizeiboot, das am Kai angelegt hat. Rot-dunkelblau-rot gestreift, mit der Aufschrift *Carabinieri*. Ein Uniformierter steht an Deck und raucht, ein anderer sitzt mit einem Sandwich auf der Uferumfassung. Sichtlich in der Mittagspause. Beide starren uns mit offenen Mündern an. Ich frage mich, ob sie denken: Wird hier ein Film gedreht und niemand hat uns Bescheid gesagt?

Hoffentlich nicht. Hoffentlich merken sie, dass sich hier gerade eine potenzielle Tragödie abspielt.

Ich glaube aber, sie ahnen die Wahrheit, denn im letzten Bruchteil der Sekunde, bevor ich meinen Blick wieder dem Verkehr zuwende, sehe ich noch, wie der Uniformierte am Ufer sein Sandwich in den Kanal wirft und ins Boot springt.

Jetzt habe ich also zwei Verfolger: das schwarze Schnellboot und die Carabinieri.

In diesem Moment spüre ich einen Lufthauch an meiner Wange. Als ob ein großer Brummer vorbeifliegen würde und mich sanft mit seinen Flügeln berührt. Einen Knall höre ich über den kakophonen Lärm auf dem Canale Grande nicht, aber gleich darauf läuft mir etwas Feuchtes den Hals hinab.

Scheiße, der Kidnapper hat tatsächlich auf mich geschossen!

Ich spüre kurz in mich hinein, ob essenzielle Teile getroffen wurden. Aber das würde ich im Rausch des Adrenalins vermutlich ohnehin nicht merken. Also weiter.

Jetzt gilt's! Beim nächsten Mal trifft er zweifellos genauer.

Wieder reiße ich das Steuer herum.

Was ich in diesem Augenblick noch nicht mitbekomme, erst später, ist: Auch Hunde können seekrank werden. Zeus (oder vielleicht auch Apollo, ich kann die beiden einfach nicht auseinanderhalten) erbricht sich in seine Hunderucksackhalterung.

Mit Karacho donnere ich in einen schmalen Kanal. Schramme dabei an einer Hauswand vorbei. Boot und Wand tragen Blessuren davon.

Abgehängt habe ich mit dieser Aktion niemanden. Das schwarze Boot und die Polizei sind immer noch dicht hinter mir.

Bei diesem hohen Tempo ist es echt schwer, das Motorboot auf Kurs zu halten und nicht ständig die Mauern zu beiden Seiten zu rammen, die voller Algen sind.

Möwen fliegen empört schreiend auf. Jemand brüllt von einem Balkon etwas zu uns herunter.

Und dann sehe ich es.

Erst nur eine geschnitzte Spitze.

Dann den Rest der Gondel.

Weil unser Kanal von einem anderen Kanal gekreuzt wird, beide schmal, wirkt es so, als würde die Gondel aus der Hauswand herauskommen. Immer mehr von ihr schiebt sich in mein Blickfeld.

Herrschaftszeiten, es ist zu spät, ich kann doch nicht mehr ...

Bremsen, will ich denken, aber da donnert mein Boot bereits über den vorderen Teil der Gondel hinweg. Holz splittert, es ruckelt, tut einen gellenden Schlag, und etwas schreit. Vielleicht der Gondoliere, vielleicht das Pärchen in der Gondel, vielleicht aber auch ... schimpfen Sie mich ruhig esoterisch angehaucht ... die Gondel selbst. Gondeln haben eine Seele, da bin ich ganz sicher. Und was ich in der Kürze des Augenblicks mitbekommen habe – wobei sich in solchen Momenten die Zeit zu verlangsamen scheint, wie in Zeitlupe –, ist die Gondel, die ich gerade gekillt habe, eine sehr alte Dame. So eine Gondel kann ja bis zu vierzig Jahren getreulich ihren Dienst versehen. Sie stand bestimmt kurz vor der Ausmusterung. Aber so ein Ende hat sie nicht verdient.

Um die Insassen mache ich mir keine Sorgen. Der Wasserstand ist hier nicht besonders tief, die werden schon nicht ertrinken.

Unserem Motorboot hat die Karambolage nicht viel ausgemacht, also brause ich weiter.

Der Kanal wird jetzt breiter und macht einen Schlenker.

Der Schalthebel knarzt, als ich versuche, noch mehr Gas zu geben.

Das Boot geht in die Kurve ...

... und rast direkt auf eine Barkasse zu.

Ich würde gern die Augen schließen und mich meinem Schicksal ergeben, aber ich muss an das Kind und die Hunde denken.

In letzter Sekunde sehe ich, dass rechts ein weiterer Kanal abgeht. In einem unmöglichen Winkel lege ich das Boot in die Kurve. Adriano rollt gegen die Bootswand.

Dem Verfolgerboot des Kidnappers gelingt dieses Manöver ebenfalls.

Nur die Carabinieri haben Pech.

Bestimmt liegt's am Boot. Kann ja nicht sein, dass der Steuermann zu sehr auf die Flüchtenden und zu wenig auf die Hindernisse vor ihnen geachtet hat, aber er brettert geradeaus weiter – voll in die Barkasse hinein.

Entwarnung: Wie ich später erfahre, haben die Polizisten den Unfall unbeschadet an Leib und Leben überstanden. Nur ihr Stolz wurde angeknackst. Und weil beide zufällig mit Vornamen Guido heißen, nennt man sie in Kollegenkreisen von da an nur noch „The flying Guidos".

Das schwarze Verfolgerboot und ich rasen weiter. Vorn sehe ich, dass dieser Kanal in den Canale Grande mündet. Woran ich das erkenne? Am Verkehr!

Mir wird heiß und kalt, als ich mich frage, wie ich mich bei diesem Tempo in den fließenden Verkehr einfädeln soll. Das kann eigentlich nicht gutgehen.

„Adriano, festhalten!" Ich schaue zu dem Kleinen. Er wirkt kein bisschen besorgt. Wenn er reden würde, würde er jetzt vermutlich fröhlich juchzen: „Schneller!!"

Ich wappne mich.

Und fahre in den fließenden Canale-Grande-Verkehr hinein!

An dieser Stelle ein Dankeschön an unseren Schutzengel. Das hätte ganz böse ausgehen können.

Aber ich schieße genau in dem Moment aus dem Seitenkanal heraus, als sich im Verkehr eine Lücke auftut. Es ist auch eine sehr breite Stelle, an der ich herauskomme. Zwei kleinere Boote können ausweichen.

In einem weiten Bogen fahre ich nach rechts.

Ein Vaporetto kommt vorbei. Ich winke den Passagieren zu. Mein Winken sagt: Hilfe! Aber offenbar kann man auch Winken missverstehen. Zwei, drei Leute winken zurück.

Weil ich in diesem Moment nicht auf die Strecke achte – und ich auch wieder auf der falschen Seite unterwegs bin –, kommt es, wie es letztendlich kommen musste.

Ich touchiere seitlich eines der Boote, das an einem der unzähligen Holzpfähle angebunden ist, und aufgrund physikalischer Gesetze, die ich nicht kenne, hebt die Kollision mein Boot in Schräglage aus dem Wasser.

Wir fliegen!

Und zwar – wenn Sie es im Atlas nachschlagen wollen – direkt vor der Ponte dell'Accademia.

Und ich muss zugeben: Dieser filmreife Stunt gibt gutes Fotomaterial ab. Das kleine braune Motorboot, das durch die Luft segelt, am Steuer die Frau im Pünktchenkleid, mit wild im Wind wehenden Haaren, hinter denen links und rechts zwei entgeistert dreinschauende Hundeköpfe zu sehen sind.

Eben jene Flut an Fotos, die die unzähligen Touristen auf der Brücke schießen – von wo man nämlich den allerbesten Blick auf die Lagune und die runde Kuppel der

Basilica di Santa Maria hat –, gehen zwar nicht direkt um die Welt, landen aber trotzdem im falschen Feed. Nämlich dem von Kalle, einem Kumpel von Hagen. Der mich darauf auch sofort erkennt, obwohl ich kein Businesskostüm und keinen Dutt trage.

Dieser Moment, in dem das Motorboot abgehoben hat und durch die Luft fliegt, kann allerhöchstens eine halbe Sekunde gedauert haben, mir kommt er vor wie eine Ewigkeit. Hoch und immer höher fliegt das kleine Boot, bis es den Zenit erreicht und nach unten rauscht, hinein ...

... in den weit offenen Schlund einer mit Müllsäcken vollen Müllbarkasse.

„Ich mache mal das Fenster auf, ich hoffe, das stört Sie nicht."

Was da nach Hundeerbrochenem, Kompost und Restmüll riecht, bin ich. An seiner Stelle hätte ich eine Gasmaske aus dem Fundus der schnellen Eingreiftruppe kommen lassen. Aber wenn man lange genug in diesem Aroma herumsitzt, wird die Nase geruchsblind, und jetzt ging es eigentlich. Ich muss das wissen, ich sitze nämlich bestimmt schon eine Stunde im Büro des Commissario.

Er heißt Belli und ist ein kleiner, gemütlicher Endfünfziger mit einem fetten Schnauzer. Ein Schnauzer mit Eigenleben. Denn wenn Belli spricht, bewegt sich dieser Oberlippendschungel nie so, wie man denken würde.

Durch die offene Tür sehe ich Adriano. Man hat ihm frische Kleidung besorgt, und jetzt sitzen gerade zwei

Polizistinnen neben ihm und betüdeln ihn nach Strich und Faden.

„Noch etwas heiße Schokolade, noch einen Keks?", fragen sie. Auf Italienisch.

Das kann ich bis hier natürlich nicht hören, ich sehe nur das Ergebnis. Ein glücklicher Knirps, der einen Keks in eine Tasse tunkt, die frisch aufgefüllt wird.

Ich konzentriere mich wieder auf Belli.

„Wie ich Ihren uniformierten Kollegen schon sagte, wurde ich verfolgt! Von einem Mann, der Adriano kidnappen wollte!"

Das Polizeirevier, in das man uns gebracht hat, ist riesig. Wo genau es liegt, kann ich gar nicht sagen. Nachdem wir wohlbehalten in der Müllbarkasse gelandet sind, war es mit meiner Ruhe vorbei. Die Konzentration der Krisensituation verließ mich und hinterließ ein Häufchen Elend.

Meine Wunde an der Wange, an der mich die Kugel gestreift hatte, wurde erstversorgt – es hieß, sie müsse nicht genäht werden –, aber ansonsten brachte man mich in dieses Büro und ließ mich schmoren. Mit deutlicher Verspätung überkam mich das Bewusstsein für das volle Ausmaß dessen, was mir passiert war: Ich hätte jetzt tot sein können!

Daraufhin begann ich, wie Espenlaub zu zittern. Während der ganzen Warterei. Auch jetzt noch.

Belli mustert mich. „Ist Ihnen kalt? Soll ich eine Decke kommen lassen?"

„Nein, geht schon." Ich sage es mit klappernden Zähnen. „Danke für Ihre Fürsorge." Schadet ja nicht, wenn man höflich ist.

Die Hunde habe ich immer noch umgeschnallt. Vermutlich fühlen die sich durch das Zittern wie im

Cocktailmixer eines Barkeepers. Dafür sind sie erstaunlich still. Man hört sie nicht einmal atmen.

Er winkt trotzdem nach draußen und bedeutet einem seiner Mitarbeiter, eine Decke zu besorgen.

„Ich bin ganz sicher, das ist ein Versicherungsfall. Die Kosten für das Boot wird meine Haftpflicht übernehmen", sage ich, gute Deutsche, die ich bin. „Aber das ist alles nicht aus Jux und Tollerei passiert – einer der Kerle im Verfolgerboot wollte Adriano entführen!"

Belli nickt. „Ja, ich weiß."

„Haben Sie ihn erwischt?"

Erstaunlich schnell waren Polizeiboote eingetroffen, als ich im Müll gelandet war. Aber nicht schnell genug.

„Nein. Das schwarze Boot konnte sich absetzen, bevor meine Kollegen kamen. Aber wir konnten Dutzende Fotos sicherstellen, die uns geholfen haben, den Mann zu identifizieren."

„Ach ja?" Diese Effizienz erstaunt mich.

Belli lächelt. „Dachten Sie, die italienische Polizei sei mehr am *dolce far niente* interessiert als an raschen Ermittlungserfolgen?"

Ich werde rot. Er lächelt noch breiter. Und schiebt mir ein Foto aus der Akte entgegen, die er mitgebracht hat.

„Ugo Scarpa. Sie kennen ihn?"

Ich schüttele den Kopf. „Den habe ich noch nie gesehen."

Belli schürzt die Lippen.

„Aber ich sage Ihnen etwas – er trug einen weißen Leinenanzug. Seit ich hier angekommen bin, werde ich von Männern in weißen Leinenanzügen verfolgt. Das kann doch kein Zufall sein!"

Wenn er mir jetzt auch erzählen will, dass einfach viele Venezianer dem sommerlichen Leinen-Trend folgen, kriege ich einen Schreikrampf. Ich wappne mich, aber es kommt ganz anders.

Er nickt. „Das typische Erkennungszeichen der Malossini-Bande. Liebe Frau Vollrath, Sie haben sich gefährliche Feinde gemacht."

„Wie bitte?" Dass er mir recht gibt, macht mich fassungslos.

„Eiskalte Killer. Drogen, Frauenhandel, gelegentliche Auftragsmorde – die ganze Bandbreite. Sind aus Süditalien zugezogen. Ein echtes Eitergeschwür, das ich auszumerzen gedenke, bevor ich in Rente gehe."

Bellis Schnauzer sträubt sich in alle Richtungen.

„Aber ... was wollen die von mir?" In mir denkt es nach. Hagen würde keinen Auftragskiller auf mich ansetzen, nur damit er die Kanzlei nicht teilen muss. Da ist er viel zu kostenbewusst. Außerdem weiß er doch gar nicht, wo ich mich aufhalte.

„Von Ihnen? Nichts! Aber von den Foscarellis."

Der Mann, der jetzt mit einer karierten Decke eintritt, ist kein anderer als Commissario Contarini.

Man muss ihm zugutehalten, dass er beim Eintreten nicht angewidert das Gesicht verzieht wie alle anderen. Aber vielleicht ist er nicht nur farbenblind, sondern auch geruchsblind.

„Sie kennen Commissario Contarini von der Guardia di Finanza?", sagt Belli zu mir, erhebt sich und schüttelt Contarini die Hand.

Contarini legt die Decke über meine Knie, obwohl ich ablehnend den Kopf schüttele. Bei seinem Anblick ist mein Zittern augenblicklich verschwunden.

Ich spüre, wie die Hunde auf meinem Rücken schwer werden. Vermutlich sind sie vor Erleichterung eingeschlafen.

Contarini setzt sich auf den zweiten Besucherstuhl.

„Ich denke, wir haben es jetzt mit einem ausgewachsenen Bandenkrieg zu tun", sagt er zu Belli. „Jemand hat heute den Hauptsitz der Malossinis drüben in Mestre abgefackelt."

„Porca miseria!", schimpft Belli und wirft die Arme in die Luft.

Aus dem Großraumbüro hört man fröhliches Glucksen. Adriano spielt Fangen mit den Polizistinnen.

„Ich verstehe nicht ... was haben die Foscarellis mit einem Bandenkrieg zu tun? Und wie sollte ich da ins Spiel kommen? Ich wohne nur ..."

„... in der Ferienwohnung", ergänzt Contarini. Er ist sichtlich not amused. „Hören Sie doch bitte mit den Scherzen auf. Foscarelli hat keine Ferienwohnung. Das kann er sich bei seinen Geschäften gar nicht erlauben."

„Äh ... was für Geschäfte? Er handelt mit Dogenköpfen." Ich denke kurz nach. „Sind die gefälscht? Wie falsche Louis-Vuitton-Taschen? Geht es um Markenschutz?"

Belli schmunzelt amüsiert. Contarini hat keine Humor-Antenne.

„Er leitet einen Schmuggelring. Ich persönlich vermute, in den Köpfen sind Drogen. Wir konnten ihm noch nichts nachweisen, aber das ist nur eine Frage der Zeit."

Er schlägt wieder die Beine übereinander. Immer noch eine rote und eine grüne Socke.

„Wir haben Sie sorgfältigst überprüft, Frau Vollrath." Contarini schaut mich an. Es schwingt Enttäuschung in seiner Klirr-Stimme. Er hätte mir wohl zu gern etwas angehängt. „Wir glauben nicht, dass Sie mit den Foscarellis zusammenarbeiten. Sie sind unbeteiligt hineingeraten."

„Nein! Ja!" Mir schwirrt der Kopf. „Ich bin keine Kriminelle!" Meine Empörung ist echt. Und laut. Adriano hört mich, wähnt mich in Schwierigkeiten und kommt angelaufen. So süß, wie er sich neben mir aufbaut und die beiden Kommissare böse anfunkelt.

„Versteht der Kleine Englisch?", fragt Belli.

Ich schaue Adriano an. „Nein", lüge ich.

„Gut." Er klappt die Akte wieder auf. „Wir hoffen jetzt, dass Sie uns behilflich sein können. Aus irgendeinem Grund hat Cesare Foscarelli Sie in sein Allerheiligstes gelassen, Ihnen Zugang zu seiner Familie gewährt – das müssen wir ausnützen."

Mein Unterkiefer klappt herunter. „Ich bin Steuerfachfrau, keine Spionin."

„Halten Sie einfach nur Augen und Ohren offen. Wenn er Ihnen seinen Sohn anvertraut, dann ist er Ihnen gegenüber womöglich auch im Gespräch offen."

Contarini entfaltet seine Beine und beugt sich zu mir. „Wir glauben, dass er es war, der heute den Hauptsitz der Malossinis in Brand gesteckt hat!"

Warum fällt mir in diesem Augenblick Cesare mit seinem Zigarren-Streichholz heute Vormittag bei der Abfahrt im Motorboot ein? Unwillkürlich senke ich den Blick.

„Ich weiß nicht ...", fange ich an.

„Sie sind doch eine pflichtbewusste Frau. Recht und Gesetz liegen Ihnen am Herzen. Sie wollen das Ihre tun, um einem üblen Kriminellen das Handwerk zu legen."

Contarini schaut mir tief in die Augen. Er legt mir seine Rechte aufs Knie. So wie er aussieht – dreitagebärtig, mit markanten Wangenknochen, durchtrainiert –, ist er bestimmt ein Frauenflüsterer. Oder alternativ ein Männerflüsterer. Jedenfalls flüstert er gekonnt. Das Wort „Nein" bekommt er vermutlich nicht sehr oft zu hören.

Das allein betrachte ich als sportliche Herausforderung.

„Nein", sage ich.

Er zieht seine Hand wieder ein.

Belli übernimmt. „Ich bin mir sicher, dass die Foscarellis keine Gewalttäter sind. Cesare Foscarelli ist mit seiner Familie seit Jahren in der Stadt tätig, und es kam nie zu körperlichen Auseinandersetzungen, geschweige denn Tötungsdelikten ..."

Contarini räuspert sich. „Bis jetzt. Jetzt haben wir einen Toten im Kanal. Wir glauben, dass er gegen Abend in der Via Dolorosa, also an Foscarellis Adresse, ermordet wurde. Erst später wurde er von Booten in Richtung Canal Grande gezogen, wo man ihn am frühen Morgen fand."

Belli räuspert sich auch. Streng. Er lässt sich nicht gern unterbrechen.

Contarini kümmert das nicht. „Man kann aufgrund der Schwere der diversen Verletzungen momentan noch nicht feststellen, wie genau er zu Tode kam. Aber heute Mittag haben Taucher aus dem Kanal vor dem Haus der Foscarellis ein Messer mit den Initialen US gefischt. Ugo Scarpa. Und an dem Pfahl, an dem die Foscarellis ihr Boot angebunden haben, wurde Blut gefunden."

Belli räuspert sich noch strenger. Und langanhaltender.

„Sollte sich herausstellen, dass es sich um das Blut von Scarpa handelt, haben wir endlich etwas gegen Don Cesare in der Hand und können ..."

„Danke, Kollege Contarini!" Bellis Blick verbietet Contarini, sich dazu weiter zu äußern. Offenbar will er nicht, dass man mir Angst macht.

Zu spät. Der Zug ist abgefahren. Ich habe Angst.

„Vielleicht war es auch Notwehr", beschwichtigt Belli. „Dieser Ugo Scarpa war ein Killer. Die Malossinis – die sind ein ganz anderes Kaliber als die Foscarellis." Die Enden seines Schnauzbarts hängen jetzt nach unten. „Seit deren Eintreffen in Venedig haben wir es mit mehreren Tötungsdelikten zu tun. Auch Unschuldige wurden zu Opfern. Sie haben heute ja gesehen, dass sie Adriano entführen wollten. Zweifelsohne, um Cesare Foscarelli dazu zu bringen, ihnen seine Geschäfte zu überlassen. Hätte er sich geweigert, hätte man ihm sukzessive Körperteile des Kleinen geschickt."

Ich nehme Adriano in den Arm. Er ist ein exzellenter Schauspieler. Man merkt ihm nicht an, dass er alles versteht.

Bellis lebende Schnauzer-Enden wandern wieder nach oben. „Frau Vollrath, ich weiß, dass sich alles in Ihnen dagegen sträubt, wieder in diese Höhle des Löwen zurückzukehren ...", fängt er an.

Ich horche in mich hinein. Öhm, nein, kein Sträuben. Ich bin seltsam gelassen.

„Wir verlangen ja auch gar nicht, dass Sie sich aktiv als Spionin betätigen. Sie sollen uns nur berichten, was sich im Haus abspielt. Ob Gäste kommen. Oder ob die Foscarellis die Koffer packen. Und alles dazwischen."

„Hier bahnt sich ein Bandenkrieg an", wirft Contarini ein. „Das müssen wir schon im Ansatz verhindern! Und auch, wenn manche altgedienten Kollegen gegenüber Foscarelli und seiner Familie Milde walten lassen, weil es nur um kleinere Schmuggeleien geht ..." Er schaut Belli nicht an, aber Belli bläst seine Wangen auf, als ob er gleich explodieren wolle. „... müssen wir endlich eine Aufräumaktion starten. Venedig muss sauber werden! Und damit meine ich nicht weggeworfene Zigarettenkippen." Er donnert mit der Faust auf die Schreibtischplatte von Belli.

Adriano und ich zucken zusammen. Die Hunde nicht. Die hängen immer noch tonnenschwer auf meinem Rücken. Ob die einen Hundeinfarkt erlitten haben? Ich wage nicht, nachzuschauen.

Contarini und Belli funkeln sich an. Nicht nur die Malossinis und die Foscarellis liefern sich Revierstreitigkeiten, auch Contarini und Belli fechten sichtlich Dominanzkämpfe aus.

„Aber ... ich bin keine Schauspielerin. Er merkt mir bestimmt sofort an, dass ich die Familie ausspioniere." Die beiden Männer konzentrieren sich wieder auf mich. Vor lauter Aufregung, offenbar in einen Bond-Film geraten zu sein, bekomme ich einen leichten Schluckauf. „Und ich würde sicher auch gar nichts Verdächtiges mitbekommen, weil ich nicht weiß, worauf ich achten muss."

Vor mir kann man sogar problemlos eine zweijährige Zweitbeziehung geheim halten, wie sollte ich da ein mafiöses Familienoberhaupt zur Strecke bringen?

Belli liest in mir wie in einem Buch.

„Wenn es für Sie gefährlich wäre, würde ich Sie nicht darum bitten. Sie müssen auch gar nichts tun. Bringen Sie einfach Adriano nach Hause und halten Sie Augen und Ohren offen. Jedes noch so kleine Detail könnte wichtig sein. Überlassen Sie uns die Auswertung der Informationen, die Sie sammeln können." Belli schaut mir jetzt auch tief in die Augen. Hypnotisch tief. „Ich verstehe Ihre Bedenken, aber Sie würden nicht nur der Stadt Venedig einen großen Dienst erweisen. Sie könnten auch das Leben dieses kleinen Burschen hier retten. Glauben Sie mir, die Malossinis kennen keine Gnade. Wir wollen Foscarelli nicht einfach nur das Handwerk legen, wir wollen sein Leben und das seiner Familie schützen."

Ich atme tief aus.

Adriano schaut mich aus seinen tellergroßen Kinderaugen an. Nicht tief, nicht hypnotisch, aber überzeugend.

„Also gut, ich mache es."

Contarini freut sich vermutlich, auch wenn man es ihm nicht ansieht.

Bellis Freude ist da schon eindeutiger. Sein Schnauzer tanzt die Tarantella.

Wenn es Streifenwagen heißt, sagt man dann auch Streifenboot?

Drei Carabinieri bringen Adriano, die Hunde und mich in ihrem blau gestreiften Boot in die Via Dolorosa.

Zeus und Apollo sind Gott sei Dank am Leben. Sie sind aufgewacht, als das Boot sich in Bewegung setzte, und lassen sich von zwei der drei Carabinieri die Bäuchlein kraulen. Es ist unverkennbar, dass die beiden keine Kampfhunde sind, nur Kläffhunde. Und selbst dazu fehlt ihnen gerade die Energie.

Die Polizisten, die Hunde und Adriano sind drinnen, mich hat man nach draußen verbannt, auf die Bank am Heck, damit mein Duft mit dem Fahrtwind verweht. Es muss wirklich schlimm sein.

Sie setzen uns an einer Anlegestelle mit Steinstufen am hinteren Teil der Via Dolorosa ab. Das ist praktischer zum Aussteigen.

„Grazie", sage ich, schultere den Rucksack mit den Hunden und nehme Adriano an die Hand.

Das ist eine Ecke der Via Dolorosa, in der ich noch nicht war. Auch sehr schön und pittoresk, und um diese Uhrzeit menschenleer. Die Nacht ist schon hereingebrochen.

„One", zählt der Kleine und zeigt mit seinem Stupsefinger, „two ... three ... four ... five ..."

Ich falle beinahe in Ohnmacht. Das ist das erste Mal, dass ich ihn reden höre. Aber natürlich tue ich so, als wäre das völlig normal.

„Du zählst schon sehr gut", lobe ich ihn.

„Via Dolorosa, number ten. Via Dolorosa, number eleven", sagt er, bleibt vor dem letzten Haus stehen und guckt mich stolz an.

„Yes!" Ich nicke ihm stolz zu. Erstaunlich, wie schnell kleine Kinder traumatische Ereignisse wie eine Verfolgungsjagd auf dem Canale Grande wegstecken können. Ich lächele und sage, weil Zahlen mein Metier sind und ich da keine Ungenauigkeiten dulden kann, sonst rollen sich mir die Zehennägel ein: „Elf Häuser, da hast du absolut richtig gezählt, gut gemacht, aber du hast falsch herum gezählt ..."

Was ich ihm klarmachen will, ist, dass wir in Hausnummer eins wohnen. Aber da merke ich, dass er nicht die Anzahl an Häusern abgezählt, sondern die Hausnummern vorgelesen hat.

Und wir stehen jetzt nicht am vorderen Teil der Straße, wie ich bis dato dachte, sondern am hinteren Ende – vor Hausnummer ... Ich kann nur eine Eins sehen. Aber an der sind wir vorbeigekommen. Ebenso an zwei, drei, vier, fünf, sechs, sieben, acht, neun und zehn. Nach Graf Zahl, neben Adam Riese der Held meiner Kindheit, muss das hier die Hausnummer elf sein.

Ich schaue zur Fassade unserer Villa, zu dem Efeu, der sich über den bröckelnden Putz zieht. Die Foscarellis wohnen in Nummer elf, nicht in Nummer eins. Die zweite Eins muss irgendwann abgefallen sein. Die Ferienwohnung liegt in der Hausnummer eins, und ich hatte bei meiner Ankunft – war das wirklich erst zwei Tage her? – an der falschen Tür geklingelt!

Jetzt wurde mir klar, dass der Mord an diesem Scarpa Minuten vor meinem Klingeln passiert sein musste. Woraus ich das schloss? Nonno Cesare – oder soll ich ihn ab jetzt Don Cesare nennen? – hatte offenbar in Bruchteilen von Sekunden beschlossen, dass er mich einlassen *musste*: entweder weil ich den Mord mitangesehen hatte und er mich ausschalten musste oder weil ich auf der Suche nach einer Wohnung zu viel Aufmerksamkeit generieren würde, bevor er die Leiche entsorgen konnte. Andernfalls hätte er mich, die Frau, die ihn – Cesare Foscarelli – für einen schlichten Ferienwohnungsvermieter hielt, doch einfach weggewunken. Womöglich mit einem empörten Ausatmer.

Mir wird kurz mulmig. Als er mich in sein Haus bat, hatte er da vor, mich verschwinden zu lassen? Mich als Fischfutter in den Kanal zu werfen wie diesen Scarpa? Hm, gibt es in den Kanälen Venedigs überhaupt Fische?

Ich habe das noch nicht ganz zu Ende gedacht, als jemand die Eingangstür aufreißt.

„Adriano!", ruft Cesare. Sein kleiner Sohn katapultiert sich aus dem Stand heraus in seine Arme.

Die Hunde sehen zwar nichts, riechen aber bestimmt den Duft der Heimathöhle und fangen wieder an zu kläffen.

Marco kommt angelaufen und schält mich aus dem Rucksack. Ich glaube, ihm laufen Tränen über die Wangen.

Hinter Cesare taucht jetzt Maria auf, und auch sie wirkt ergriffen.

Was ist hier los?

„Wir haben uns Sorgen gemacht, wo waren Sie nur die ganze Zeit?", sagt Cesare zu mir und winkt uns alle in den Innenhof. Aber erst, wie mir auffällt, nachdem er sich in alle Richtungen umgesehen hat.

Maria schließt hinter uns die Tür. Und verriegelt sie.

Ich erschrecke ein bisschen, als sich zwischen Palmen, Efeu und Dogenköpfen plötzlich ein Mann aus dem Dunkel schält.

Homer Simpson!

Na ja, nicht die Zeichenfigur, sondern der Steuermann von heute Mittag. Irgendwas mit V. Vincenzo. Valerio. Valentino. Es hat keinen Zweck, ich hab's vergessen. Das Kanalwasser, das ich abbekommen habe, muss seinen Namen aus meinem Gedächtnispalast gespült haben.

„Vito, hol Wein, wir müssen feiern!", ruft Cesare und schnalzt mit den Fingern.

Ich schaue ihn nachdenklich an. Dieser feine, großherzige, lebenslustige Alte mit der Schwäche für Frauen, die Maria heißen, ein Krimineller?

Die leichte Brise, die sich mit Einsetzen der Dunkelheit über Venedig senkt, treibt mir meinen Fischduft in die Nase.

„Bin gleich wieder da", sage ich. „Muss nur schnell duschen."

An der Haustür schaue ich kurz über meine Schulter zurück.

Alle sehen mir nach.

Cesare, Maria, Marco, Adriano, Vito.

Nur die Hunde nicht, die erleichtern sich im Grün.

So stelle ich mir das Paradies vor.

Ich habe es bis zu diesem Moment nicht gewusst, aber jetzt ist es mir sonnenklar. Keine Insel der Seligen, kein Friede-Freude-Eierkuchen-Dauerrausch. Nein.

Ein Teller Pasta, ein Glas Wein, eine Lichterkette über dem Aquarium mit den Piranhas, die – ungelogen! – alle mit dem Gesicht an der Scheibe kleben und zu mir schauen, Adriano, der mit den Hunden spielt und dabei fröhlich gluckst, Maria, die neben Cesare sitzt und ihm Pesto-Spritzer aus dem Bart krault, nachdem er seinen Teller beiseitegeschoben hat und Papiere sichtet. Marco sitzt in der Ecke unter einer Stehlampe und skizziert.

Vito werkelt am Herd. Es soll wohl noch ein Dessert geben. Er ist ein begnadeter Koch!

Ich könnte vorher locker noch einen Teller verputzen, aber die Pasta ist leider alle. Wir lernen: Abenteuer machen hungrig.

Ich lehne mich auf dem Küchenstuhl zurück und massiere mir möglichst unauffällig den Verdauungsbereich. Wenn wirklich noch Nachtisch kommt, muss Platz geschaffen werden!

Die Tür zum Innenhof steht offen, und von draußen wabert leise Musik herein. Selbstgezupfte. Einer der

Nachbarn spielt auf der Gitarre. Mein David vom Dachbalkon? Er spielt nicht schlecht.

Genau so stellt man sich einen lauen Sommerabend in Venedig vor.

Ich seufze wohlig.

Dann sehe ich einen verirrten Dogenkopf gegenüber auf der Anrichte. Seine Nase fehlt. Vielleicht wurde er deshalb ausgemustert.

Das ruft mich in die Realität zurück.

„Ich soll Sie ausspionieren", sage ich, weil ich nie drum rumrede, sondern immer gern gleich zur Sache komme. „Commissario Belli hat mich auf Sie angesetzt."

Als ich vom Duschen zurückkam – in dem froschgrünen Wickelkleid, das Gepunktete musste generalgereinigt, besser noch verbrannt werden –, hatte Adriano unsere Abenteuer schon erzählt. Jedenfalls seine Version davon. Böse Männer, schnelle Boote, Eis.

Das mit der Polizei hatte er ausgelassen. Fragen Sie mich nicht, warum, aber ich wollte diese Wissenslücke schließen. Das schuldete ich den Menschen, die mich so selbstverständlich in ihre Mitte aufgenommen hatten.

„Während Sie unterwegs waren, kam ein Commissario Contarini vorbei", erzählte ich. „Seine Leute haben das Haus durchsucht." Ich schaue zu den Papieren vor Cesare.

Er hebt zwar die Augenbrauen, wirkt aber nicht beunruhigt. Maria bartkrault, Vito werkelt.

Nur Marco schaut auf. Ob ihm nur der richtige Anreiz fehlt, um endlich etwas zu sagen? Wie bei Adriano? Falls ja, dann war die Info mit der Polizei nicht der auslösende Trigger.

Ich lese seine unausgesprochene Frage in seinem Gesicht. Eigentlich ein liebenswertes Gesicht. Wenn man Gorillas mag.

„Ja, sie waren auch in Ihrem Atelier. Die weibliche Polizistin war sehr angetan von Ihren Bildern, Marco. Sie war wirklich begeistert."

Er lächelt. Glücklich.

Sein Vater lächelt ebenfalls. Stolz.

Ich wende mich wieder Cesare zu. „Dieser Contarini war auch dabei, als mich Commissario Belli wegen der versuchten Kindesentführung befragt hat."

Das Lächeln verschwindet aus Cesares Gesicht. Obwohl das Licht in der Küche schummrig ist und eigentlich dem Teint schmeicheln müsste, wirkt Cesare in diesem Moment uralt. Jugendlichkeit hat mit innerer Ausstrahlung zu tun, und jetzt gerade strahlt nichts in ihm, weil ihm klar wird, wie leicht er seinen jüngsten Sohn hätte verlieren können.

Ich warte einen Moment, falls er etwas sagen möchte. Möchte er aber offensichtlich nicht.

Während der Nachbarschaftsgitarrist anfängt, zum Geklimper auch noch gefühlvoll zu singen, frage ich: „Stimmt es wirklich? Sie sind die Mafia?"

Das entlockt Cesare jetzt doch ein fröhliches Auflachen. Sogar Marias Mundwinkel zucken. Aber vielleicht ist das nur ein Reflex auf die falschen Noten, die von draußen hereinschweben. Wer immer da musiziert, er kann klampfen, aber nicht singen.

Zeus und Apollo laufen in den Hof hinaus und jaulen mit.

Adriano klettert, plötzlich spielgefährtenlos, auf meinen Schoß und ist gleich darauf eingeschlafen.

„Als du an unserer Tür geklingelt hast, Asti, da war ich misstrauisch. Ich dachte, du gehörst zu den Malossinis."

„Ich? Tragen die nicht alle weißes Leinen?"

Cesare grinst breit. „Das ist ein modisches Statement, keine Einheits-Uniform, an der man sie erkennt. Nein, die tragen, was sie wollen. Bei der Hitze ist weißes Leinen einfach praktisch. Obwohl ich glaube, die erpressen Schutzgeld von einem Herrenausstatter drüben in Mestre. Möglich, dass er die ganze Familie ausgestattet hat."

„Dann haben Sie mir nie vertraut?"

„Doch, nachdem wir den Einbruch vorgetäuscht hatten, um an dein Handy zu kommen. Deine Kontakte, dein Browser-Verlauf, die Spiele auf deinem Handy ... alles zeigte uns, dass du wirklich eine Vollrath bist, keine Malossini." Er schmunzelt.

Ich reiße unwillkürlich die Augen auf. „Ihr habt den Einbruch vorgetäuscht?"

„Wir mussten uns vergewissern. Es geht hier schließlich um Leben und Tod." Er wird wieder ernst. „Die Malossinis haben nur eins gemeinsam – Gewalt." Er nimmt einen Schluck Wein. „Die wollen unser Venedig kaputtmachen. Es mit Mord, Totschlag und Drogen überziehen. Das bricht mir das Herz."

Ich bin jetzt nicht besonders empathisch veranlagt, aber ich spüre mit jeder Pore meines Seins, wie sehr ihn das schmerzt. Er spielt mir nichts vor. Aber ich merke auch, dass er meine Frage nicht beantwortet hat.

„Dann haben Contarini und Belli recht? Es geht um einen mafiösen Territorialkrieg?"

Jetzt runzelt Cesare die Stirn. „Asti, du weißt nicht, was du da sagst!" Er steht auf und tigert durch die Küche. „Wir sind keine Mafiosi, wir sind Geschäftsleute. Es gibt die bösen Bösen und die guten Bösen! Wir sind – wenn überhaupt – die guten Bösen!" Er zeigt nach draußen, nicht zu den Hunden, sondern zu den Dogenköpfen. „Ja, wir schmuggeln gefakte Uhren und Schmuck und Clutches und was sonst noch so in die hohlen Köpfe passt. Die meisten Sachen bringt Cousin Silvio mit dem Schiff aus der Türkei. Auf Murano haben wir einen Handwerker, der die Köpfe formt und unsere Waren darin eingipst. Wir beliefern die ganze Welt. Es sind erstklassige, wirklich hochwertige Fälschungen – und wenn man die Dogenköpfe vorsichtig aufbricht und hinterher wieder zugipst, hat man gleichzeitig ein künstlerisch wertvolles Dekostück für die Wohnung." Er bleibt stehen und dreht die Handflächen nach oben. „Wir erzielen Top-Preise. Unsere Gewinne melden wir nicht, nur den Umsatz, den wir mit dem Verkauf ungefüllter Dogenköpfe in unserem Laden erzielen. Ja gut, das ist Steuerhinterziehung, ich gebe es zu. Deswegen hat es auch Contarini von der Guardia di Finanza auf uns abgesehen – aber wir begehen keine Morde. Niemals!"

Sein Magen grummelt. Die Empörung, mit Abschaum wie den Malossinis in einen Topf geworfen zu werden, verursacht ihm Verdauungsbeschwerden. „Wir sind nicht die Mafia. Wir sind Kaufleute!", wiederholt er.

Vito tischt kleine Schalen auf. „Polenta fritta mit Amarenakirschen", erklärt er.

„Bravo!", lobt Maria.

Die Abteilung *Stereotype und Klischees, Bereich Italien* in meinem Hirn hätte gedacht, dass Maria die Männer bekocht. Aber sie hat sich, wie wir alle, von Vito bedienen lassen. Der ganze Ablauf des Abends vermittelt mir die Überzeugung, dass es so Usus ist. Vito ist der Koch der Familie.

Das Dessert sieht unwiderstehlich aus. Aber das ist jetzt nicht der rechte Moment für Süßes.

„Geschäftsleute!", wiederholt Cesare, weil das für ihn eine Frage der Ehre ist, und tigert wieder los. Im Tigern fischt er eine Zigarre aus seiner Hemdtasche, beißt kräftig ab und zündet sie mit einem Streichholz an.

Die Streichholzschachtel scheint jetzt leer. Achtlos wirft er sie auf den Küchentisch.

Das erinnert mich.

„Haben Sie heute den Hauptsitz der Malossini-Bande abgefackelt?" Ich muss das wissen.

Abrupt bleibt er stehen. So abrupt, dass sein Zipfelchen heraushüpft.

Also, dieses rote Teil, das er an einer Goldkette um den Hals trägt.

Er folgt meinem Blick. „Das ist mein Cornu. Hab ich von meinem Vater selig geschenkt bekommen." Cesare bekreuzigt sich. „Mein Glücksbringer." Er schiebt die Zigarre in den Mund, nimmt den Cornu in die Hand, streichelt dreimal über den Talisman und schiebt ihn wieder in seinen Hemdausschnitt. „Ich habe nichts in Brand gesteckt, Asti! Wir waren bei einem unserer Zulieferer. Ich habe Lieferungen abgeglichen und Formulare ausgefüllt. Sie müssen mir einfach glauben, dass wir keine Schurken sind. Ja, ein bisschen wirtschaftskriminell, aber es trifft keine Armen und keine Unschuldigen, und wir üben niemals Gewalt aus."

Er schaut mich aus großen Augen an. Als ob es ihm wirklich wichtig wäre, was ich von ihm halte. Nie hat er mich mehr an Adriano erinnert als in diesem Moment. „Ich glaube Ihnen, Cesare."

Er scheint erleichtert.

Wir lächeln uns an. Ich spüre ein merkwürdiges Ziehen in meiner Herzgegend. Fühlt man sich so nach einer Aussprache mit seinem Vater, wenn alle Missverständnisse aus dem Weg geräumt wurden und man weiß, jetzt ist alles wieder gut? Meine Eltern starben zu früh, ich weiß es nicht. Aber so stelle ich es mir vor.

Cesare spürt auch etwas wohlig Warmes. Das schließe ich aus dem Blick, mit dem er mich bedenkt. Und aus der Tatsache, dass er mich plötzlich väterlich duzt. „Du bist in Ordnung, liebe Asti!", sagt er.

Unwillkürlich strahle ich auf.

Cesare pafft an seiner Zigarre. „Du sollst mich also ausspionieren? Ts, ts, ts." Er schüttelt den Kopf.

„Nun ja, das wird von mir erwartet, aber das tue ich natürlich nicht. Ich muss Ihnen aber sagen, dass die Kommissare wissen, dass dieser Ugo Scarpa hier bei Ihnen ermordet wurde."

Maria springt auf. „Es war ein Unfall!", gellt sie.

„Pst!", mahnt Cesare und schließt die Tür zum Hof. Die Kakophonie aus talentlosem Sänger, jaulenden Hunden und einem Kater, der fauchend Ruhe verlangt, wird deutlich leiser.

„Ein Unfall!", wiederholt Maria und greift sich ans Herz.

Ich glaube, mir klappt in diesem Moment der Mund auf. „Dann stimmt es also?"

Cesare verschränkt die Arme. „Maria und Adriano kamen gerade vom Einkaufen zurück. Dieses ... Schwein! ... wollte sich den Jungen schnappen."

„Mit einem Messer! Er wollte den Kleinen mit einem Messer abstechen! Das konnte ich doch nicht zulassen!" Mit ihrer schroffen Art, der Hagerkeit und, ja, dem Damenbart war mir Maria immer unsympathisch. Aber wie sie sich jetzt mit einem Küchentuch die Tränen aus den Augen wischt, finde ich sie auf einmal schön und großartig und vor allem tapfer. Wie Boadicea. Oder Penthesilea.

Marco legt den Skizzenblock beiseite und eilt zu seiner Mutter. Sie verschwindet förmlich in seinen riesigen Armen.

Ich zähle eins und eins zusammen. „Marco hat das mitbekommen und dem Kidnapper einen rechten Haken versetzt, der ihm das Genick gebrochen hat."

Maria lugt unter den Bärenarmen ihres Sohnes hervor und schaut mich ebenso fassungslos an wie Marco und Cesare. Nur Vito sitzt auf einem Hocker neben dem Aquarium und mampft mit Pokerface seine Polenta fritta. Die Piranhas sind jetzt alle in der Ecke des Aquariums versammelt, die Vito am nächsten ist, und schauen ihm neidisch zu. Mir fällt wieder ein, dass ich vergessen habe, sie zu füttern. Mist!

Aber ich werde sogleich abgelenkt. Und mir, die ich doch so stolz auf meinen Umgang mit Zahlen bin, wird nicht zum ersten Mal in dieser Stadt vor Augen geführt, dass zwei und zwei nicht immer vier ergibt.

„Nein", korrigiert mich Cesare. „So war es nicht. Marco war oben in seinem Atelier, als es passierte. Er hat gar nichts mitbekommen. Maria war in diesem Moment ganz allein mit Adriano und dem Kidnapper. Sie hat sich nicht anders zu helfen gewusst, als mit ihrer Handtasche auszuholen. Die Tasche traf ihn an der Schläfe, sein Kopf wirbelte zur Seite, und er fiel ins Wasser. Ich vermute, er hatte einen ... *come si dice?* ... Schläfenbeinbruch mit Hirnblutung." Er pafft. „In Marias Handtasche sind immer Münzgeld und eine Bibel. Sie hatte vermutlich deutlich mehr Wumms, als sie es beabsichtigt hatte."

Maria nuschelt etwas, aber die Arme ihres Sohnes wirken schalldämmend.

Cesare zuckt mit den Schultern. „Er tauchte nicht wieder auf. Und das ist auch gut so. Aber es war ein Unfall."

„Ja! Ein Unfall!", ruft Maria und reckt ihren Kopf aus der Gorilla-Umärmelung wie eine Schildkröte aus ihrem Panzer. Das alles scheint sie wirklich mitzunehmen. Durchaus verständlich. Man bringt schließlich nicht jeden Tag einen Mann um. Aber wir wollen doch nicht vergessen, dass es sich um einen Kindesentführer handelte. Und dass er ein Messer in der Hand hielt. Denke ich so bei mir und trauere nicht wirklich um diesen Scarpa.

Cesare lässt sich schwer auf einen Stuhl sinken. Die Zigarre ist ausgegangen.

„Ich habe mir eine gut funktionierende Organisation aufgebaut. Ein solider Kleinbetrieb, von meinem Vater geerbt, möge er in Frieden ruhen ..." Er bekreuzigt sich. „Aber damals war das hier ein kleiner Betrieb. Wir haben billige Uhren an Touristen verhökert. Aus mehreren Bauchläden heraus. Mein Vater, ich, ein paar Cousins. Ich habe daraus ein weltumspannendes Unternehmen gemacht. Und heute verkaufe ich falsche Schweizer Luxusuhren an arabische Scheichs. Falsche Pariser Luxustaschen an New Yorker It-Girls. Gefälschten Schmuck an russische Oligarchenfrauen." Er sieht mich an. „Asti, sei ehrlich – das ist doch kein Verbrechen! Wenn man die Gier von Menschen ausnutzt, die das Geld hätten, um das Original zu kaufen, aber lieber sparen und ein ‚Schnäppchen' ergattern wollen?"

Ich schürze die Lippen.

„Da gibt es schlimmere Verbrechen", räume ich ein. Und denke an Scarpas Kollegen-Schrägstrich-Seelenverwandten von heute Nachmittag, wie er Adriano mit Gewalt davontragen wollte. Wer, bitte schön, vergreift sich an einem Kind?!

„Das mit Scarpa war ein Unfall. Das schwöre ich beim Grab meines Nonno und meines Papa." Cesare spreizt die Finger. „Aber das war der Tropfen, der das Fass zum Überlaufen brachte. Die Steuerfahndung im Nacken, und jetzt auch noch eine Leiche. Das ist das Ende des Foscarelli-Imperiums. Ich höre auf. Ich bin zu alt für diesen Scheiß."

„Was?" Ich sehe mich um, aber anscheinend bin ich die Einzige, die das überrascht. „Sie wollen aufgeben? Das mit Scarpa kann man Ihnen doch gar nicht nachweisen ..." Ich verstumme abrupt, weil ich an das Blut auf dem Pfahl denken muss.

„Was ist?" Cesare bekommt mein Stocken mit.

Ich sehe zu Maria und Marco.

„An dem Pfahl vor Ihrem Haus wurde Blut entdeckt. Scarpa muss sich beim Sturz in den Kanal daran verletzt haben. Wenn man ihm das Blut zuordnen kann, werden Belli und Contarini Sie verhaften." Das ist dann allerdings schon ein guter Grund, vorher die Biege zu machen.

Cesare schaut zu Maria. Und lächelt.

Lächelt?

Sie löst sich von ihrem Sohn. „Das ist mein Blut. Ich habe noch versucht, Scarpa aus dem Wasser zu ziehen, bin aber ausgerutscht und gegen den Pfahl gefallen." Sie dreht den Kopf zur Seite. Tatsächlich, hinter dem linken Ohr ist immer noch eine Abschürfung zu sehen, wenn man genau schaut. „Und an der Tasche wird man keine Blutspuren oder Hautzellen mehr finden – die liegt in unserer Werkstatt auf Murano in einem Fass voller Bleiche."

„Wunderbar!", jubele ich. „Dann ist das erledigt. Die Kommissare haben nichts gegen Sie in der Hand."

Cesare seufzt.

Vito tritt an den Tisch und fragt auf Italienisch etwas in die Runde. Alle schütteln den Kopf. Er nimmt einen der Nachtischteller, setzt sich damit wieder neben das Aquarium und isst seine zweite Portion.

Ich ziehe meinen Teller etwas näher zu mir. Meine Portion kriegt er nicht!

„Damit sind wir nur Belli los. Contarini ist nicht wegen des Toten hinter mir her", stellt Cesare klar. „Er ist von der Finanzpolizei. Er will mir Steuerhinterziehung in großem Stil nachweisen. Und er hat sich in meinen Fall förmlich verbissen. Als ob es hier keine anderen Steuerhinterzieher gäbe."

Cesare sieht aus, als wolle er auf die Papiere, die vor ihm auf dem Tisch liegen, spucken.

„Sind das Ihre Steuerunterlagen?", frage ich neugierig. In mir reckt etwas sein Haupt. Etwas, das Zahlen leidenschaftlich liebt. Auch wenn ich keine Hausnummern zählen kann, Steuererklärungen sind meine Kernkompetenz. „Darf ich ... darf ich sie mir einmal ansehen?"

Cesare zuckt mit den Schultern. „Nur zu. Aber ich fürchte, Contarini hat recht ... meine Steuererklärungen waren bislang immer ... sagen wir: kreativ."

Ich schenke ihm ein siegessicheres Lächeln und sage mit meiner besten Bond-Stimme: „Keine Sorge. Ich heiße Vollrath, Astrid Vollrath. Und ich habe die Lizenz zum Steuerfrisieren."

Ich finde das witzig, aber ich habe ja auch schon ziemlich viel Wein intus.

Für einen winzigen Sekundenbruchteil muss ich bei *frisieren* an Frisöse Gabi und somit an Hagen denken. Aber in mir kommt keine Wehmut auf. Nur Vorfreude. Auf die Steuerunterlagen. Es ist mein größtes Glück, mit Zahlen zu jonglieren. Nichts erfüllt mich mit mehr Lebensfreude und Lebenslust.

„Ich wünschte, ich hätte ein Kind wie dich, liebe Asti." Cesare seufzt.

Ich stehe auf und lege den immer noch tief schlafenden Adriano in den Schoß seines Vaters.

„Buona notte!"

Mit den Papieren – und meinem Teller Polenta mit Kirschen – stapfe ich glücklich hinauf in meine Dachkemenate. Das wird eine Nacht voller Leidenschaft – die Zahlen und ich!

Tag vier

Willkommen zum Frühstück mit den lebenden Toten

Ich wache erfrischt auf.

Erfrischt und gut gelaunt.

Hat man gestern versucht, mich zu erschießen? Ja. Aber dafür durfte ich mit Steuerunterlagen und einem Dessert auf mein Zimmer gehen.

Hatte ich nur etwas mehr als vier Stunden Schlaf? Ja. Aber wenn man das, was man tut, liebt, dann braucht man keine Erholung davon. Dann freut man sich, wenn man aufwacht und weitermachen kann.

Ich bin noch nicht ganz durch mit Cesares Steuerunterlagen. Die sind übrigens auf Englisch, weil sich sein Firmensitz in einer Steueroase befindet. Gut, dass ich während des Studiums im Nebenfach Internationales Steuerrecht belegt habe. Cesares Einnahmen aus den Schmuggelgeschäften – und die sind erklecklich – fließen unversteuert ins Ausland. Das mag unmoralisch sein, aber illegal ist es nicht. Für die Gipswerkstatt auf Murano mit kleinem Ladenverkauf muss Cesare allerdings Steuern in Italien abführen. Und wer immer Cesares Steuern macht, hat das nicht sauber getrennt. Das bedeutet für mich vielleicht noch zwei, drei Stunden Arbeit, dann kann Cesare einer Überprüfung durch Contarini entspannt entgegensehen.

Ich strampele die Decke von den Beinen. Mitten in der Nacht war mir so heiß geworden, dass ich nicht nur das Fenster, sondern die Tür zum Flur weit aufgerissen hatte.

Obwohl Cousin Vito zwei Zimmer weiter untergebracht war, wie ich feststellte, als er gegen ein Uhr nachts zu Bett ging. Hatte ich Sorge, er könne mir Unaussprechliches antun, während ich schlief? Nope. Nada. Kein bisschen. In den frühen Morgenstunden muss mir allerdings wieder kalt geworden sein.

Jetzt trete ich, nach kurzem Räkeln, ans Fenster. Nur in Slip und T-Shirt. Mit bettstrubbeligen Haaren. Die, im

Gegensatz zu den süß verwuschelten Girlies auf Instagram, nicht süß strubbelig sind, sondern aussehen, als wäre eine Planierwalze über meinen Kopf gefahren, und das Gesicht hätte sich zwar wieder ausgebeult, die Haare aber noch nicht. Sie stehen platt nach einer Seite ab.

Mir egal! Ich bin sowas von relaxt geworden. Vielleicht habe ich mich tatsächlich von einer Astrid in eine Asti verwandelt. In etwas Prickelndes.

Und da sehe ich auch schon den David wieder. Diesen unglaublich gut aussehenden Mann auf dem Dachbalkon. Möglich, dass ich wieder leise schnurre.

Oder auch nicht ganz so leise, denn in meiner Zimmertür materialisiert sich plötzlich Vito, nur in Feinripphemd und Boxershorts, und fragt: „Was ist?"

Ich zeige mit dem Kopf nach draußen. „Wer ist das?"

Vito kommt näher, sieht und pfeift anerkennend. „Keine Ahnung, wer das ist. Muss neu eingezogen sein."

„Man bräuchte ein Fernglas", scherze ich.

Vito zwinkert mir zu, galoppiert davon und kommt etwas später mit einer Schachtel zurück.

Allerdings zaubert er daraus kein Fernglas hervor, sondern eine Drohne.

„WOW!" ist alles, was mir dazu einfällt.

Surrend erwacht das Ding zum Leben.

Die alte Astrid will sagen, dass sich das nicht gehört, aber die neue Asti verbietet ihr den Mund. Das hier macht Spaß!

Vito schickt die Drohne los. Das muss er wohl noch etwas üben, denn statt geradeaus auf die Leckerschnitte zu driftet sie nach rechts ab, geht in den Sinkflug, steigt wieder hoch, aber zu hoch und dreht dann einen Ehrenschlenker, um sich dem Ziel von hinten zu nähern.

Vito ist total konzentriert, seine Zunge lugt zwischen den Lippen hervor.

Ehrlich gesagt, ich bin auch ganz hibbelig.

In der Zwischenzeit hat der David auf dem Dachbalkon etwas ausgepackt.

Die Morgensonne blendet, ich lege die Hand über die Augen.

Es ist etwas Längliches, Dunkles. Ein Teleskop?

Das Bild, das die Drohne aufnimmt, wird an Vitos Handy weitergeleitet. Man sieht jetzt einen perfekt definierten Rücken und einen knackigen Hintern in engen schwarzen Shorts.

„Oho!" Ich stoße Vito mit dem Ellbogen an.

Und schaue zum Realbild hinüber.

Und stutze.

„Das ist doch kein Teleskop!", sage ich.

Da hat er das Teil schon angelegt. Ein Scharfschützengewehr. Mit dem er auf Vito und mich zielt.

„Runter!", gellt Vito, da zerbirst hinter mir auch schon das gerahmte Bild des Papstes.

Was zum Teufel?

„Was war das?", rufe ich.

„Ein Schuss", erklärt Vito das eigentlich Offensichtliche.

„Ich habe gar nichts gehört."

„Auf 300 Meter verliert sich der Schall", erklärt Vito fachmännisch.

Ich will den Kopf nach oben recken.

„Unten bleiben!", mahnt Vito, hält sich aber selbst nicht daran und lugt über den Sims. Ich ziehe ihn nun meinerseits wieder herunter.

Ein weiterer Schuss. Was wir natürlich nur daran merken, dass das Holz am Fenstersims splittert und Spreißel auf uns herabregnet.

„Wir müssen hier weg!", ruft Vito.

Und dann kommt es, wie es fast zwangsläufig kommen musste. Weil Vito in diesem Moment anderweitig beschäftigt ist, lenkt niemand die Drohne. Und die ist kein selbstdenkendes High-Tech-KI-Teil des Militärs, sondern eine Billigdrohne ohne Hirn aus dem Kaufhaus. Weswegen sie, ohne die lenkende Hand von Vito, schnurstracks weiterfliegt.

Volle Kanne gegen den Hinterkopf des Schnuckelschützen.

Was wir mitkriegen, weil wir uns genau in diesem Moment hochrappeln, um ins Treppenhaus zu fliehen.

Wir sehen, wie das Gewehr in hohem Bogen durch die Luft segelt, während der Kopf des Mannes gewaltsam nach vorn gestoßen wird. Auf die Entfernung kann ich natürlich nichts hören, aber mir ist trotzdem, als würde ich ein unschönes Knacken vernehmen. Die Ohren denken mit!

„Das sieht nicht gut aus", sage ich. „Ob ihm beim Aufprall der Drohne das Genick gebrochen ist?"

Vito zuckt mit den Schultern. „Muss noch nicht tot sein", meint er.

Die Arme des Scharfschützen werden beim Aufprall nach oben gerissen und können daher leider nicht das Geländer des Dachbalkons packen, als der Körper durch die Wucht der Drohnenkollision nach vorn fällt. Mein David knickt mittig über das Geländer ein, die Beine geben nach, der Oberkörper folgt der Schwerkraft, der Rest des Körpers gleich darauf auch ...

... und der Mann stürzt in die Tiefe.

„Muss immer noch nicht tot sein", erklärt Vito.

Aus der Ferne hören wir jetzt haltlos gellende Schreie. Wie man so schreit, wenn man eben noch gemütlich auf dem Weg zur *Pasticceria* war, um sich sein Frühstückscornetto zu holen, und plötzlich ein Kerl vom Himmel regnet, dessen Hirn sich gleich darauf auf den Pflastersteinen ausbreitet.

„Ist jetzt vermutlich doch tot", schlussfolgert Vito.

Ich gebe ihm innerlich recht. Aus dieser Höhe, mit dem Kopf voran auf hartes Pflaster – die Chancen, dass der Kerl aufsteht und davonschlendert, sind kleiner gleich null.

„Der David war ein Auftragskiller!" Ich muss das einfach aussprechen. Weil ich es sonst selbst nicht glaube.

„Sie wissen, wie er heißt?"

Ich rolle mit den Augen, erkläre ihm aber nicht, warum er für mich David heißt. Das würde jetzt zu weit führen. „Wir müssen Cesare warnen!"

Und wie ich ein letztes Mal zu dem nunmehr verwaisten Dachbalkon schaue, ahne ich, dass man von dort nicht nur einen erstklassigen Blick auf meine Kemenate hat, sondern auch – durch die Häuser- und Kanalzeilen hindurch – auf den Eingang des Foscarelli-Hauses. Und wo *ein* Scharfschütze ist, tummelt sich womöglich noch ein zweiter.

„Schnell!" Ich laufe voraus, haste die knarzigen Holzstufen hinunter, den heißen Atem von Vito im Nacken.

Doch wir kommen zu spät!

Ich erkenne den Mann mit dem Fedora-Hut und dem lässig über die Schultern geworfenen Trenchcoat – echt jetzt? Bei der Hitze? – sofort wieder.

Es ist mein edler Gondelfahrtspender.

Und er hält eine Waffe an die Schläfe von Cesare, der im Innenhof vor ihm kniet.

Ein zweiter Mann hat Marco im Würgegriff. Allein das verrät, dass dieser Handlanger ein Riese von Kerl ist. Bestimmt über zwei Meter. Mit einem massigen Wrestler-Körper. Selbst ein Gorilla wie Marco ist machtlos gegen ihn. Zumal er ja Maler ist, kein Schläger.

„Da schau her", sagt der Fedora-Mann, den ich zwischenzeitlich für Malossini himself halte, und lächelt mich bösartig an. „Hatte ich Sie nicht zum Abschuss freigegeben? Da muss ich wohl ein ernstes Wörtchen mit meinem Scharfschützen wechseln." Den finalen Abflug seines Scharfschützen hat er hier unten im Innenhof offenbar nicht mitbekommen.

Die Zikaden in den Innenhofbäumen schreien. Ich möchte am liebsten mitschreien, aber ich fürchte, das wäre das Todesurteil für Marco und Cesare.

Aus den Augenwinkeln suche ich das ab, was ich von meiner Warte aus sehen kann. Keine Maria, kein Adriano. Ich kann nur hoffen, dass die beiden einen Morgenspaziergang machen. Oder in die Kirche gegangen sind. Falls Letzteres, dann beten sie hoffentlich für uns. Weltliche Hilfe greift hier nicht mehr. Selbst wenn die Polizei durch die Tür zur Gasse stürmen würde, bliebe für Malossini noch genug Zeit, einen von uns zu erschießen. Oder mehrere.

„Sie kommen mir erstaunlich ruhig vor, Frau Vollrath", sagt er. „Sie wollen allen weismachen, dass Sie eine einfache Touristin sind, aber ich glaube, Sie spielen uns nur etwas vor. Das war mir schon klar, als ich Sie das erste Mal sah."

„Damals, als Sie mich auf eine Gondelfahrt einluden?" Ich sage doch: In Krisenzeiten ruhig zu bleiben, ist meine Kernkompetenz. Jetzt könnte sich das als nachteilig erweisen. Er hält mich für abgebrüht und mithin für eine Verbrecherkollegin.

„Ich wollte ein paar Worte mit Ihnen wechseln. Um Sie besser einschätzen zu können. Und ich merkte unverzüglich, wie hartgesotten Sie sind."

„Sie verwechseln das", erkläre ich. „Ich bin einfach nur starr vor Angst."

Weil ich das nicht mit zittriger Stimme sage, glaube ich es mir selber nicht.

Vito neben mir wirkt unschlüssig, was er tun soll. Jetzt merke ich, wie wichtig die passende Berufskleidung ist – Malossini und sein Würger wirken in ihren weißen Leinenanzügen viel kompetenter und bedrohlicher als Vito in Feinripp und Boxershorts.

Malossini sagt etwas auf Italienisch zu Vito, was ich – dem Tonfall nach – als Warnung interpretiere, bloß keine Dummheiten zu machen, wenn er nicht will, dass Cousin Cesare eine weitere Körperöffnung bekommt.

Malossini schaut wieder zu mir. „Ich fürchte, ich muss ein Exempel statuieren. Und wer immer Sie in Wirklichkeit sind, Sie werden das Schicksal der Foscarellis teilen."

In Vito brennt eine Sicherung durch. Er läuft los. In Richtung Haustür. Doch bevor er sie auch nur annähernd erreichen kann, schießt Malossini.

Unwillkürlich presse ich mir die Hand auf den Mund.

Cesare schließt resigniert die Augen.

Aber Vito ist nicht tot. Ich nehme mal an, dass Malossinis Treffsicherheit eingeschränkt war, da er sich für den Schuss seitlich über Cesare zur Tür beugen musste. Oder er ist generell ein schlechter Schütze, weil er dafür normalerweise seine Männer hat.

Während Malossini sich wieder zu mir dreht, sehe ich, wie Vito sich vor Schmerzen auf dem Pflasterboden krümmt. Er lebt, blutet nur aus einer Oberschenkelwunde.

Das allerdings heftig. Vielleicht ist sein Ableben nur eine Frage der Zeit.

Warum, Vito?, denke ich. *Der gesunde Menschenverstand hätte dir doch sagen müssen, dass du das nie und nimmer schaffst und man vor einer Kugel nicht davonlaufen kann! Schon gar nicht, wenn man den untrainiert-kompakten Körperbau eines Homer Simpson sein eigen nennt.*

Aber mit dem gesunden Menschenverstand ist es ja wie mit Deorollern – wer sie eigentlich am meisten bräuchte, benutzt sie nicht.

„Wir gehen jetzt bitte alle ins Haus. Ich habe leider Gottes meinen Schalldämpfer vergessen."

Malossini raunt Vito etwas zu, dann reißt er Cesare auf die Beine. Vito schleppt sich, sich auf der Seite liegend über den Boden ziehend, hinterher. Cesare will ihm helfen, aber Malossini brät ihm mit dem Lauf der Waffe eins über.

Ich gehe somit voraus, Malossini bildet das Schlusslicht.

Eigentlich sehe ich vor meinem inneren Auge kein gutes Ende. *Was würde McGyver tun?*, frage ich mich, als ich in die Küche trete. Der könnte aus einem Rührbesen, einem Silikonschaber und einem Einweckglasgummi vermutlich eine Kanone bauen. Aber ich kann ja nicht einmal kochen. Die Lage ist aussichtslos. Absolut aussichtslos.

Aber da zeigt sich, dass alles, was wir tun oder nicht tun, jede noch so kleine Tat oder Nicht-Tat, Folgen hat, die irgendwann wie ein Boomerang zu uns zurücksausen. Schlimme Konsequenzen und kleine Wunder.

Weil Malossini, der sich beim Eintreten den Mantel von den Schultern schält und ihn über die Lehne eines Küchenstuhls legt, uns alle im hinteren Teil der Küche zusammentreiben will, kommen wir an die Stelle – Sie erinnern sich? –, an der das knallrote Spielzeugauto von Adriano auf dem Boden liegt.

Das lag, als ich es zum letzten Mal sah, nicht als Stolperfalle im Weg, sondern an der Wand. Zeus und Apollo müssen das Auto beim Spielen in die Raumesmitte geschoben haben.

Jetzt tritt Malossinis Handlanger volle Kanne auf das sperrige Teilchen. Und weil er nicht damit rechnet, kommt er ins Trudeln. Eine Chance, die Marco ergreift: Er windet sich aus dem Würgegriff.

Der Handlanger verliert das Gleichgewicht und knallt mit dem Kopf gegen die Kante des Küchenschranks neben dem Aquarium. Dabei reißt ein Teil des Ohrläppchens ein. Eine Wunde, die sofort zu bluten anfängt.

Marco packt den Riesen und tunkt dessen Oberkörper ins Becken mit den Piranhas, das auf diesem erstaunlich niedrigen Betonsockel steht. Ist der Sockel für genau diesen Zweck so niedrig? Oder damit auch Kinder die Fische gut füttern können?

Jedenfalls kommen die Piranhas, die wegen mir seit zwei Tagen nichts zu fressen bekommen haben, sofort aus allen Ecken des Beckens angeschossen. Andere Fische würden schon längt mit dem Bauch nach oben tot im Wasser treiben. Nicht so die Piranhas. Die sind einfach nur hungrig. Sehr hungrig. Und erwähnte ich schon, dass Malossinis Handlanger aus einer Ohrwunde blutet?

Mir hat mal jemand erzählt, das mit dem Blutrausch – von Haien und Piranhas und anderen Killerviechern – sei nur ein urbaner Mythos. Das sehe ich jetzt anders. Mit eigenen Augen.

Marco mit seiner sensiblen Künstlerseele dreht sich um und kotzt sich das Entsetzen aus dem Leib. Das Entsetzen und noch ein paar unverdaute Amarenakirschen.

Hätte er stattdessen den Mann gepackt und dessen Kopf aus dem Wasser gezogen, könnte der vielleicht überleben.

Ich glaube ja, einer der Fische hat mit seinen spitzen Zähnen die Halsschlagader erwischt. Kurzum, das Wasser färbt sich rot, die Piranhas zappeln noch heftiger – und der Handlanger zappelt gleich darauf nicht mehr. Aus die Maus.

Malossini, Cesare und ich stehen einen Augenblick fassungslos und gaffen. Wie Katastrophentouristen.

Cesare fängt sich als Erster. Er schlägt mit der Handkante zu. Malossinis Waffe fliegt in hohem Bogen in die Ecke mit der Pasta und dem Pesto.

Jetzt, wo Malossini unbewaffnet ist, wirft Cesare sich auf ihn. Die beiden gehen zu Boden. Ich greife mir den Besen in der Ecke und hebe ihn hoch. Um gegebenenfalls zuschlagen zu können.

Rasch gewinnt Cesare die Oberhand. Er ist zwar deutlich älter, aber womöglich hat er sich ja in seiner Jugend als Ringer im griechisch-römischen Stil betätigt. Oder Malossini ist unsportlich hoch zehn und einfach mehr der typische Bürohengst.

Ich wähne uns schon in Sicherheit.

Was natürlich einen Ticken voreilig ist.

„Aber ... aber ...", sagt da nämlich eine Männerstimme.

Wir halten alle inne.

Nur Marco nicht, der isst immer gern und viel, deswegen kommt jetzt auch viel aus ihm raus.

In der offenen Küchentür steht Commissario Contarini. Hinter ihm, wie bei seinem Erstbesuch, die beiden Gehilfen in Schwarz.

Der einzige Unterschied ist, dass Contarini jetzt eine Waffe zieht. Und auf Cesare richtet, nicht auf Malossini ...

„Carlo?", fragt er und meint den leblosen Körper, der halb im Aquarium hängt.

Malossini schiebt Cesare von sich. „Nein, Franco. Carlo ist drüben auf dem Dach."

„Ach so. Tja, dann ist es Carlo, der nicht mehr auf dem Dach ist. Er hat den Abflug gemacht", korrigiert Contarini.

Das lässt mich wissen, dass Contarini unmöglich schwul sein kann, wie ich bei unserem ersten Aufeinandertreffen gemutmaßt habe. Kein Mann, der auf Männer steht, könnte einen Oger wie Franco nicht von einer Leckerschnitte wie Carlo unterscheiden.

Ich wähne mich unbemerkt, sehe aber gerade noch, dass der männliche Begleiter von Contarini ebenfalls blankgezogen hat. Er nimmt mich mit seiner Waffe ins Visier.

Die junge Frau aus Contarinis Entourage kniet sich neben Vito, der schon bedenklich blutleer wirkt, und bindet ihm das Bein ab.

„Holen Sie ihn da raus!", befiehlt mir Contarini und zeigt mit dem Kopf auf das Fischbecken.

Ich gehe langsam, Schritt für Schritt, zum Aquarium und ziehe Franco heraus. Entgegen meinen Erwartungen ist sein Schädel nicht bis auf die Knochen abgenagt, es fehlt nur hie und da ein Bissen Fleisch. Offenbar hatten die Piranhas eher eine Cocktailparty mit seinem Blut als eine Fressorgie. Ich nehme mir vor, sie sofort ordentlich zu füttern, falls ich das hier überleben sollte.

Mit einem dumpfen „Plopp" landet Franco auf dem Fliesenboden. Ich habe ihn nicht einfach aus dem Becken gezogen und dann fallen gelassen. Solange es mir möglich war – der Kerl wiegt eine Tonne, halbnass noch mehr –, habe ich versucht, ihn langsam zu Boden gleiten zu lassen, aber irgendwann hat dann die Schwerkraft übernommen. So halb gebückt sehe ich aber, dass Zeus und Apollo zitternd unter dem Küchentisch sitzen. Vor den Augen der anderen verborgen durch die rot-weiß karierte Tischdecke. Diese süßen kleinen Schisser. Die werden uns keine Hilfe sein. Ich richte mich wieder auf.

„Ist die Kleine mit uns im Boot?", fragt Malossini, der aufgestanden ist und sich jetzt den Staub vom Anzug klopft. Ich will nicht sagen, dass es bei den Foscarellis schmutzig ist, aber die Dogenköpfe verlieren doch einiges an Gipsschuppen.

Contarini schaut zu der jungen Frau. „Signorina Barozzi, wären Sie so gut, mir Ihre Waffe zu geben?"

Die Polizistin erhebt sich. Sieht erst Contarini, dann Malossini fragend an. Weil sie dieses Mal keine Sonnenbrille trägt, ist offensichtlich, wie die innere Glühbirne angeht. Sie wähnte sich auf der Seite der Guten und weiß sich jetzt getäuscht.

„Nein!", haucht sie.

„Nein, Sie wollen mir Ihre Waffe nicht geben? Oder nein, Sie können nicht glauben, dass Contarini und Ricci auf meiner Gehaltsliste stehen?" Malossini lächelt.

Die junge Frau presst die Lippen zusammen.

Ihr Kollege nimmt ihr die Waffe ab.

„*Traditore*", brummt sie und spuckt aus.

Er schlägt ihr mit dem Handrücken ins Gesicht.

„Ich sehe schon, es ist zwecklos, sie für uns gewinnen zu wollen. Sie wird mit den anderen entsorgt", sagt Malossini zu Contarini.

Der nickt.

Malossini schaut jetzt zu uns Frauen. Er schaut ein bisschen verächtlich. Vielleicht weil wir bei seinem Anblick nicht wie Haremsdamen aufquieken und ihm zu Diensten sein wollen. „Arrivederci, meine Damen. Sie hätten mich nicht unterschätzen sollen – ich bin unbesiegbar! Mich kriegt nichts kaputt." Er lacht auf. Und scherzt: „Nur Erdnüsse, auf die reagiere ich allergisch."

Contarini und sein Subalterner nehmen uns ins Visier.

Ich schließe die Augen und atme tief aus. Nicht schicksalsergeben, nein. Daumendrückend. Dafür, dass uns das Schicksal hold ist.

Weil die Schurken in diesem Augenblick nur Augen für uns Mädels haben, kriegen sie nämlich nicht mit, dass Marco schon seit geraumer Zeit leergekotzt ist und Cesare einen Schritt zurück gemacht hat. Zu der Waffe, die Malossini entglitten ist.

Als ich die Augen wieder öffne, hat Cesare die Waffe in der Hand. Er schießt.

Und Marco steht mit der Hand in einem Glasbehälter vor Malossini.

Die Kugel hat den jungen, korrupten Polizisten getroffen. Ich fürchte, Cesare zielt besser als Malossini. Als der junge Mann auf dem Boden aufkommt, ist er schon tot.

Marco zieht seine Hand aus dem Glas. Sie ist über und über mit Erdnusscreme bedeckt. Die er in dem Moment Malossini ins Gesicht schmiert, als der gerade sagen will: „Wo ist meine Waffe?"

Na ja, ob er das wirklich sagen will, weiß ich nicht, würde aber Sinn ergeben. So bekommt er statt einer Antwort eine Handvoll Erdnusscreme in den Mund und in die Nase.

Ich finde es wirklich niedlich, wie Marco versucht, einen auf starker Mann zu machen. Mordversuch mit Erdnusscreme.

Aber ich muss schon bald Abbitte leisten. Während Signorina Barozzi in diesem Moment den Umstand, dass Contarini sich hat ablenken lassen, ausnützt und ihm mit einem gekonnten Fußtritt seine Waffe aus der Hand kickt, höre ich ein dumpfes Röcheln.

Als Malossini scherzte, dass nichts außer Erdnüssen ihm den Garaus bereiten könnte, hat er dummerweise seine Achillesferse offengelegt. Uns in aller Offenheit verraten, was sein Kryptonit ist.

Also, nicht uns. Ich hätte ihn nie beim Wort genommen. Marco, der Gute, hingegen schon.

Malossini wischt sich verzweifelt mit beiden Händen die Erdnusscreme aus dem Gesicht. Er gibt Töne von sich. Vermutlich heißt das auf Italienisch so viel wie „Ich kriege keine Luft".

Ich kann ihm nicht helfen. Ich bin damit beschäftigt, mit dem Besen, den ich immer noch in der Hand halte, kräftig auszuholen und ihn auf Contarinis Schädel herabsausen zu lassen. Er geht zu Boden. Signorina Barozzi, die Gute, denkt mit, zieht ihrem toten Kollegen die Handschellen aus dem Sakko und legt sie Contarini an.

Jetzt, wo eigentlich alles vorbei ist, schreiten die Hunde ein. Kläffend kommen Zeus und Apollo unter dem Küchentisch hervor, laufen schwanzwedelnd zu Marco und noch schwanzwedelnder zu Contarini, der vor ihnen am Boden liegt, und ...

... beißen ihm in die Männerwade.

Bravi, liebe Köter, *bravi!*

Tag fünf

Ein Brief vom Totenbett

Nachtrag zu meinem Venedig-Tagebuch

Ich habe ein schönes Leben gehabt. Alles in allem.
Rückblickend würde ich mir wünschen, dass ich wilder gewesen wäre. Mutiger. Lebenslustiger. Aber es ist gut so, wie es ist. Ich bereue nichts.

Höchstens, dass ich gestern, in der Küche der Foscarellis, etwas zu früh an den Sieg der Guten geglaubt habe. Und dass Signorina Barozzi Contarinis Waffe nicht weit genug weggekickt hat. So konnte Malossini sie im Todeskampf noch erreichen, herumwirbeln und auf mich schießen.

Ich wurde mit dem Sanitätsboot sofort ins Krankenhaus gebracht und hervorragend von den dortigen Ärzten versorgt. Aber offenbar kann man die Arterie, die die Kugel durchtrennt hat, nicht problemlos flicken. Die Stelle ist zu nah am Herzen.

Cesare durfte noch einmal zu mir. Signorina Barozzi hat sich für ihn eingesetzt. In allen Fällen wurde auf Notwehr befunden. Man hat wohl auch eindeutige Beweise in der Wohnung von Contarini entdeckt, dafür, dass er sich kaufen ließ. Maria und Adriano saßen die ganze Zeit im Boot der Foscarellis auf der Rückseite des Hauses, versteckt unter der Plane. Sie hatten rechtzeitig fliehen können, als Malossini sich Zugang verschaffte. Ich bin unglaublich froh darüber.

Adriano durfte leider nicht an mein Krankenbett. Totenbett, sollte es wohl besser heißen. Die Chefärztin hat mich gefragt, ob ich einen Priester möchte. Ich habe dankend abgelehnt.

Cesare saß eine ganze Weile bei mir, hat meine Hand gehalten und mir geschworen, in den Ruhestand zu gehen. Eine Träne kullerte über seine Altmännerwange, als er das sagte.

Dann beugte er sich noch tiefer über mich und flüsterte mir zu, dass meine Korrekturen seiner Steuerunterlagen ihm sehr helfen würden, nicht wegen Steuerhinterziehung belangt zu werden. Er könne mit Maria und den Jungs nach Süditalien übersiedeln. Irgendwo ans Meer. Seine letzten Jahre in Ruhe und Frieden verbringen. Dann hat er mir die Hand geküsst. Er ist mir der Vater geworden, den ich nie hatte. Es heißt doch, es sei besser, geliebt und verloren zu haben, als nie geliebt zu haben. Ich bin sehr froh, dass ich eine Woche lang eine Familie hatte, zu der ich gehörte. Auch, wenn ich jetzt schon Abschied nehmen muss.

Ich spüre, wie mich meine Kraft verlässt. Man sagt, dass Elefanten wissen, wenn es mit ihnen zu Ende geht, und dass sie dann zu einem Elefantenfriedhof pilgern, um sich dort abzulegen und zu sterben. Das ist kein dummer Aberglaube. Man weiß, wenn die letzte Stunde geschlagen hat. Ich weiß es.

Ich kann kaum noch den Stift ... Ich habe keine Angst. Ich wünschte nur, ich könnte meine beste Freundin Gisi noch einmal sprechen. Und Hagen. Ja, ich würde Hagen sagen, dass ich ihm vergebe.

Am Ende wird alles gut. Und wenn es nicht gut ist, dann ist es nicht das Ende.

Aber ... es ist alles gut ...

Ich bin müde ...

Tag sechs

Schweigen

An Herrn
Hagen Bergmann
Steuerkanzlei Bergmann & Vollrath
München

Venedig, im August

Lieber, sehr verehrter Signore Hagen Bergmann,

mir fällt heute zu meinem größten Bedauern die tragische Aufgabe zu, Sie vom Tod Ihrer geliebten Partnerin Astrid Vollrath in Kenntnis zu setzen.
Es schmerzt mich unsäglich, das sagen zu müssen, aber sie wurde das Opfer eines kriminellen Schusswechsels in dieser meiner sonst so friedlichen Heimatstadt. Die Ärzte konnten nichts mehr für sie tun. Den Totenschein habe ich beigefügt.

Wer ist dieser Mann, der mir da schreibt, werden Sie sich fragen, und das zu Recht. Sie kennen mich nicht. Aber ich durfte in den vergangenen Tagen Ihre Astrid kennenlernen. Einem Zufall geschuldet, wie ich anfangs glaubte, doch war es die Hand des Schicksals, die uns zusammenführte, dessen bin ich mir jetzt gewiss.
Und auch, wenn es sich nur um einen äußerst kurzen Zeitraum handelte, kam er mir und meiner Familie doch deutlich länger vor. Ihre Astrid ist uns nicht nur ans Herz gewachsen, sie wurde ein Teil unserer Familie.

Ich muss Ihnen nicht sagen, dass Astrid bei ihrer Ankunft in Venedig innerlich sehr zerrissen war. Ihre Beziehungsprobleme belasteten sie doch sehr. Aber ich weiß – und wenn Sie ihr Tagebuch lesen, wissen Sie es auch –, dass sie Ihnen in ihren letzten Momenten vergeben konnte. Sie hat hier ihren Frieden gefunden.

Es ist ein grausames Schicksal, dass sie ausgerechnet in diesem Moment aus dem Leben gerissen wurde, als sie – anscheinend zum ersten Mal seit langem, bitte entschuldigen Sie, wenn ich das so offen schreibe – wirklich glücklich war.

Ich gebe mir eine Mitschuld daran, dass Astrid in die tragischen Ereignisse, die meine Familie ereilten, hineingezogen wurde. Das hat sie nicht verdient!

Ich kann Ihnen gar nicht sagen, wie sehr ihr Tod uns alle mitgenommen hat. Astrid war ein guter Mensch, eine fantastische Frau, eine treue und loyale Freundin. Wir Foscarellis möchten Ihnen unser tiefstes Beileid aussprechen. Wenn unser Verlust schon so groß ist, wie viel größer muss dann Ihr Schmerz sein!

Astrids Besitztümer – Reisekoffer und Handtasche mitsamt Inhalt sowie das Tagebuch, das sie hier zu schreiben begonnen hat – lasse ich Ihnen, zusammen mit diesem Brief, per Expressboten nach München zukommen.

Mit ihrem letzten Atemzug hat Astrid mich noch gebeten, dafür zu sorgen, dass sie auf unserer wunderschönen Friedhofsinsel begraben wird. Hier, wo sie ihren inneren Frieden wiederfand. Ich habe, dem Bürokratismus trotzend und dank meiner zahlreichen Beziehungen, erreicht, dass sie im Familiengrab der Foscarellis beigesetzt werden kann. Dort wird sie von nun an ruhen, mit Blick auf die Stadt, die ihr in ihren letzten Tagen so sehr ans Herz gewachsen ist – unsere Serenissima.

Ich hoffe, Sie kommen über diesen großen Verlust irgendwann hinweg. Vielleicht tröstet Sie der Gedanke, dass Sie Ihre gemeinsame Steuerkanzlei nun zwar allein weiterführen müssen, aber durch die Arbeit in der Kanzlei doch immer auch das Andenken an Astrid wachgehalten werden wird.

Mit vorzüglicher Hochachtung,
Ihr
Cesare Foscarelli

Tag sieben

Wenn die Gondeln Trauer tragen

Es gibt nicht viel, das schöner, berührender, unvergesslicher ist als eine klassische venezianische Beerdigung.

Die riesige schwarze Gondel bewegte sich lautlos durch den Kanal in Cannaregio, vorbei am Trauerhaus. Dessen Türen waren mit großen schwarzen Schleifen verziert.

Nachbarn traten aus ihren Häusern und senkten das Haupt.

In der Mitte der Gondel befand sich ein gläserner Aufbau, in dem der Sarg ruhte. Ein Eichensarg, über und über geschmückt mit Zinnien und Sonnenhut. Eine Explosion an Farben. Gelb, Orange, Rot, Rosa. Das Blumengesteck, das den Sarg fast völlig überdeckte, wirkte vor dem schwarzen Hintergrund umso bunter. Vorn und unten standen je zwei Gondolieri und steuerten die Gondel mit sicheren Bewegungen übers Wasser. Sie waren schwarz gekleidet. Auf ihren schwarzen Mützen wippten schwarze Bommel. Am Bug stand ein güldener Engel, die Hände zum Gebet vereint, die Flügel weit gespreizt. Und das Heck zierte der Löwe, das Wappentier der Stadt. Auch er geflügelt.

Die Lautlosigkeit, mit der die Gondel sich voranbewegte, hatte etwas Unheimliches.

Spediteure, die gerade Waren anlieferten oder abholten, hielten inne und verharrten einen Moment schweigend. Dachten vielleicht an die Menschen, die sie selbst verloren hatten.

Selbst die Touristen wahrten den Anstand. Okay, es gab viele, die fotografierten, was das Zeug hielt. Manche raunten sich auch etwas zu. Beispielsweise, dass es solche Gondeln doch eigentlich gar nicht mehr gab.

Damit lagen sie nicht ganz falsch.

Aber Cesare Foscarelli hatte es möglich gemacht. Die Frau, die ihm in der kurzen Zeit ihrer Bekanntschaft wie eine Tochter ans Herz gewachsen war, verdiente das Beste. Einen Trauerzug wie in alter Zeit. Das wollte er aller Welt zeigen.

Cesare Foscarelli selbst stand in der Gondel des Bestatters, die der Trauergondel folgte. Neben ihm saßen die Mutter seines ältesten Sohnes sowie seine Söhne Marco und Adriano. Und seine Nachbarin Cinzia.

Weitere Gondeln gab es nicht. Außer ihnen hatte niemand die Tote gekannt.

Sie bogen vom Seitenkanal, an dem die Via Dolorosa lag, in den Canal de Cannaregio und folgten dem Vaporetto der Linie 4. Die Wasserstraße führte durch die Laguna Veneta mit einem kleinen Schlenker zur Isola San Michele, dem *Cimitero*. Der Friedhofsinsel Venedigs.

Die Skipper entgegenkommender Boote salutierten oder legten die Hand auf ihr Herz. Niemand blieb von diesem Anblick unberührt. Wenn schon sterben, dann in Venedig. Nirgendwo sonst wurde man auf eine so feierliche, würdige Weise zu Grabe gefahren und zur letzten Ruhe gelegt.

Die Trauergondel legte an. Helfer des Bestattungsinstituts warteten schon. Ebenso ein Priester.

Die Foscarellis hatten den alten Familienpriester aus seinem Altersheim auf Giudecca ausgegraben. Der war tattrig, aber der Familie sehr verbunden. Und ihn störte es nicht, dass Astrid Vollrath kein Mitglied der einzig wahren Kirche war. Foscarelli wollte nicht ausschließen, dass Hochwürden Calotti glaubte, er sei auf dem Bingo-Abend seiner Seniorenresidenz. Aber er war angemessen gekleidet. Noch mit Soutane und Birett, nicht wie so viele moderne Geistliche, die einfach ein Kollar zum dunklen Straßenanzug trugen.

Der Priester und die vier Sargträger setzten sich in Bewegung. San Michele war eine erstaunlich große Insel, trotzdem war sie im Laufe der Jahrhunderte zu klein geworden für all die Toten der Stadt. Wer heutzutage starb, musste kremiert werden. Für Urnen reichte der Platz gerade noch so.

Aber die Foscarellis hatten seit jeher ein Mausoleum auf der anderen Seite der Anlegestelle, unter üppigen Platanen, in denen Zikaden saßen. Heute sangen die Zikaden ein Trauerlied.

Vor dem Mausoleum wartete ein groß gewachsener Mann mit dunklen Augenringen und einem Dreitagebart. Die Frau neben ihm, in einem schwarzen Sommerkleid, das sichtlich in Eile für diesen Anlass gekauft worden war und ihr obenrum zu eng und untenrum zu weit war, weinte leise in ein Zellstofftaschentuch, das sich im Zustand fortschreitender Auflösung befand.

Foscarelli nickte den beiden zu, als er das Mausoleum betrat.

So klein die Trauergemeinde in diesem Fall auch war, der Grabbau bot nicht für alle Platz.

Nachdem die Sargträger gegangen waren, passten nur der Priester, der Bestatter, Foscarelli und seine Söhne hinein. Die anderen blieben in der offenen Tür stehen.

„Sie sind Herr Bergmann." Die hagere Frau mit dem Damenbart, die mit den Foscarelli-Männern in der Gondel gekommen waren, fragte es nicht. Sie konstatierte es.

Der Deutsche nickte.

„Mein Beileid."

Er nickte wieder. Und fasste sich in den Nacken. Etwas hatte ihn dort getroffen. Ein Insekt? Ein Blatt? Er sah nach oben.

Die Frau neben ihm schluchzte lauter.

„Bitte reiß dich zusammen", sagte Bergmann.

„Pst!", mahnte Foscarelli und legte den Finger an die Lippen.

Eine Polizistin kam angelaufen. Sie wirkte erhitzt. Kein Wunder. Die Augustsonne legte in diesem Moment noch eine Schippe Power drauf. Es war unerträglich schwül und heiß. Es war Isabella Barozzi.

Hagen Bergmann in seinem dunklen Anzug fühlte sich einer Ohnmacht nahe. Aua, schon wieder! Abrupt klatschte er sich mit der Hand in den Nacken. Er hasste Stechmücken. Hasste sie wie die Pest. Was für ein furchtbarer Ort. Gleich heute Abend würde er wieder nach München fahren.

Nachdem der Bestatter dem Priester souffliert hatte und alle Segenssprüche gesprochen worden waren, segnete der Priester den Sarg mit Weihwasser. Adriano, stolz wie Bolle, durfte den Weihrauch schwenken.

Und dann war es vorbei.

Astrid Vollrath ruhte nun in alle Ewigkeit im Mausoleum der Foscarellis.

Wobei ... eigentlich ruhte Astrid *Foscarelli* dort. Cesare hatte sie noch rasch zur Frau genommen. Sonst hätte der Magistrat ihre Beerdigung so nicht gestattet. In das Mausoleum der Foscarellis durfte man nur echte Foscarellis legen.

Das war allerdings ein Informationshappen, den er Bergmann gegenüber verschweigen wollte. Egal, wie sehr der ihn mit Fragen löchern würde.

Aber Bergmann löcherte nicht. Nachdem die anderen den Grabbau verlassen hatten, ging er – allein – zum Sarg.

„Astrid", sagte er und legte die Hand auf das teure Eichenholz. „Wir hatten es doch auch schön miteinander, nicht wahr?" Er nickte sich selbst zu. „Ja, das hatten wir. Ruhe in Frieden."

Dann ging er zügig zum Anleger für das Vaporetto. Gabi eilte ihm nach.

Die Foscarellis warteten noch, bis die Friedhofsmitarbeiter das Mausoleum wieder verschlossen hatten.

Dann gingen auch sie.

Cesare Foscarelli drehte sich noch einmal um. Niemand, nur der Wind, hörte, wie er leise murmelte: „Arrivederci, amore mio."

Tag neun und alle Tage danach

Das Tagebuch der Donna Asti

Ich weiß, was Sie denken, und Sie haben Recht. Wenn etwas Altes endet, darf – muss – soll – etwas Neues entstehen.

Aber muss man gleich eine venezianische Mafia-Familie übernehmen? Hätte sich da nicht auch etwas anderes angeboten? Animatöse in einem Holidayclub auf den Malediven oder Eremitin in einer Höhle im Himalaya?

Die Idee kam uns – oder besser gesagt Cesare –, als nach dem Showdown in der Küche Contarini, noch mit Zeus an seiner Wade, nach draußen humpelte. Polizistin Barozzi lief ihm hinterher und legte ihm Handschellen an: „Sie sind verhaftet, Commissario Contarini!"

Offenbar reichten die Hunde-Beißerchen bis zum Knochen. Oder jedenfalls ziemlich tief. Contarini wehrte sich nicht groß gegen seine Verhaftung, sondern stöhnte nur jämmerlich. Barozzi rief uns zu, dass sie Verstärkung und einen Notarzt für Vito besorgen würde, dann löste sie die spitzen Beißerchen von Zeus aus der malträtierten Männerwade und zog anschließend Contarini nach draußen, vermutlich zum Polizeiboot. Uns ließ sie allein zurück.

„Ich werde zu alt für diesen Scheiß!", brummte Cesare.

„Sind Maria und Adriano in Sicherheit?", wollte ich wissen.

Er nickte. „Durch den Hinterausgang geflohen. Unter der Plane über unserem Boot." Cesare ließ sich schwer auf den Stuhl zwischen den beiden Leichen fallen und sah zu, wie Malossini langsam, aber sicher die Atemwege zuschwollen. Insgesamt wirkte der Mann, als würde er gleich aus seiner Hautpelle platzen.

„Wissen Sie, er hier hat meine Maria erschossen." Cesares Augen verdunkelten sich. „Nicht diese Maria." Er zeigte mit dem Kopf in Richtung Hinterausgang. „Maria, die Mutter von Adriano. Er hat sie eiskalt erschossen. Vor den Augen von Adriano."

Mir fiel wieder ein, wie Adriano mich angsterfüllt angesehen hatte, als er mich kennenlernte. Ich hatte an Bambi denken müssen, dessen Mutter ebenfalls erschossen worden war. Manchmal ist so ein Instinkt tatsächlich untrüglich.

Cesare spuckte aus. „Malossini ist ein Schwein sondergleichen. Auf sein Konto gehen unzählige Morde. Auch Frauen und Kinder. Die Welt ist ohne ihn ein besserer Ort."

Ich sah nach Vito. Er atmete flach, lebte aber noch. Dann ging ich zu Marco und klopfte ihm auf die Schulter. „Gut gemacht!"

„Grazie!"

Hossa! Halleluja! Es spricht!

Ich zog die Augenbrauen hoch und sah zu Cesare. Er freute sich mit mir.

„Du kannst das gut, liebe Asti."

„Was genau?"

„Mit Menschen umgehen. In Krisensituationen ruhig bleiben. Diese verdammten Steuerformulare ausfüllen."

Ich lachte auf. „Ja, ich habe so meine Talente."

„Warum trittst du nicht in meine Fußstapfen? Nicht für immer. Nur so lange, bis Adriano groß ist und übernehmen kann."

Ich starrte ihn sprachlos an. Hätte er gesagt: Komm, lass uns auf den Schultern von Meerjungfrauen in den

Sonnenuntergang reiten, hätte ich nicht sprachloser starren können.

Ein „Wie bitte?" brachte ich dann aber doch heraus.

Er sah auf seine Armbanduhr. Bestimmt gefälscht, aber täuschend echt aussehend. „Pronto, wir haben fünf Minuten. Wenn wir sagen, dass du von Malossini erschossen wurdest, giltst du offiziell als tot. Die beste Voraussetzung, um die Familie zu übernehmen."

„Wie bitte?", konnte ich nur wiederholen.

„Asti, dein altes Leben hat dich doch nicht glücklich gemacht. Du wurdest hintergangen und ausgenutzt. Und deine Kernkompetenzen konntest du nie wirklich zum Einsatz bringen." Er breitete die Arme aus. „Hier findest du alles, was du zu einem erfüllten Leben brauchst – Abenteuer und Zahlen. Viele Zahlen!" Er sah mein Zögern und fuhr fort. „Deine Eltern sind tot. Dein Partner ist ein Arsch. Deine beste Freundin wohnt in der Fremde. Was hält dich in deinem alten Leben?"

Er hatte nicht ganz unrecht.

„Ja, aber ... wo sollen wir denn eine Leiche hernehmen?"

„Ich habe eine in der Tiefkühltruhe im Abstellraum." Cesare hastete los. „Marco, hilf mir!"

Ich sah zu Malossini. Der hatte es jetzt hinter sich.

Ohne dass ich es meinen Beinen bewusst befohlen hätte, setzten die sich in Bewegung. Zur Waffe von Contarini. Die ich ganz vorsichtig mit den Zehen in Richtung Malossini schob. Damit es nachher glaubhafter wirkte.

Da trugen Cesare und Marco auch schon etwas Längliches in die Küche, eingehüllt in eine Plastikplane.

„Sie hatten eine Frauenleiche in Ihrer Tiefkühltruhe?"

Cesare nickte. „Das ist Maria."

„Sie haben die tote Mutter von Adriano auf Eis gelegt?"

Cesare schälte die Plane ab. „Ich konnte sie nicht in unserem Familiengrab beisetzen lassen. Dann hätte die

Polizei wissen wollen, warum sie erschossen wurde. Und es wäre herausgekommen, dass ich einen Schmuggelring führe." Er schluckte schwer. „Ich habe sie geliebt."

Die guten Bösen und die bösen Bösen.

Marco holte ein frisches Tischtuch aus einem Schrank im Flur und legte es über die Tote. Die Tiefkühl-Tote. *Das musste doch auffallen!*

In der Sekunde, in der sie von der Plastikplane befreit und noch nicht vom Küchenhandtuch bedeckt war, sah ich ihr Gesicht. Das Gesicht einer Heiligen. Schmal, elegant, heiter. Ja, heiter. Er küsste seine Fingerspitzen, die er dann auf ihren Mund presste. Diese Frau musste einfach in einem Mausoleum ihre Ruhestätte finden. Wo, in hoffentlich erst vielen, vielen Jahren, Cesare neben ihr liegen konnte.

Ich holte tief Luft. „Okay, ich mach's. Ich bin dabei."

Cesare erhob sich ächzend. „Gut, dann rufe ich jetzt den Gerichtsmediziner an. Er soll das richtige Team schicken."

„Das Team, das bei einer tiefgekühlten Leiche an einem heißen Sommertag keine Fragen stellt?"

Er nickte.

„Sie haben also den Gerichtsmediziner gekauft?"

„Er ist ein Cousin zweiten Grades. Und er wird eine Luxusuhr dafür bekommen. Eine echte." Cesare zwinkerte mir zu.

Der Gerichtsmediziner empfahl Cesare am Telefon, die Tote in den Kanal hinter dem Haus zu werfen. „Sagt den Ermittlern, dass Asti vor Malossini fliehen wollte und er sie auf dem Weg nach draußen erschoss, wo sie dann ins Wasser fiel. Dort unten liegt sie sicher, bis die Polizeitaucher sie rausholen und mein Team vor Ort ist. Den Rest regele ich."

Als Cesare die Geschichte Commissario Belli erzählte, zweifelte der keine Sekunde daran. Nur Signorina Barozzi schaute skeptisch. Aber dann sah sie zu Marco ...

... und schwieg.

Erzählte Cesare Maria und mir am nächsten Tag. Wir waren da ja nicht mehr dabei.

Die Nacht hatte ich mit Maria und Adriano in der Ferienwohnung in der Via Dolorosa 1 verbracht. Der echten Ferienwohnung. Die Vermieterin war eine angeheiratete Foscarelli dritten Grades. Oder so ähnlich. Jedenfalls auch jemand, der den Mund halten würde.

Ich hatte die lebende Maria und den kleinen Adriano aus dem Boot geholt, als wir die tote Maria in den Kanal warfen. „Wir werfen auf drei. Eins, zwei, drei."

Weil ich geographisch eine Null bin – und ich zur Vorderseite hinaus wohnte –, war mir nie klar gewesen, dass die hintere Seite des Foscarelli-Hauses zur berühmten venezianischen Wasserautobahn hinausging.

„Verdunkelt die Fenster, wenn ihr in der Ferienwohnung seid. Zeigt euch niemandem. Sobald die Polizei abgezogen ist, hole ich euch wieder zu mir." Cesare sah liebevoll auf seinen jüngsten Sohn herab und verwuschelte ihm den Lockenkopf.

„Wenn sich die Wogen geglättet haben, schreibe ich an Hagen, erfinde einen ergreifend schönen Abgang für dich und schicke ihm deine Sachen."

„Am besten auch mein Tagebuch!", schlug ich vor. „Das macht es authentischer. Ich nehme noch ein paar Korrekturen vor. Und schreibe einen hübschen Schluss. Einen echten Showdown, der sich so richtig gewaschen hat. Vielleicht verkauft Hagen mein Tagebuch an einen Filmproduzenten. Er macht gern alles zu Geld."

„Gute Idee." Cesare nickte. „Sobald ich von der polizeilichen Befragung zurück bin, regeln wir deine Beerdigung. Und deine Zukunft." Cesare küsste uns alle drei zum Abschied.

Schwerstverkleidet nahm ich an meiner eigenen Trauerfeier teil. Natürlich nur von weitem. Ich hatte mir auf dem Weg mit dem Vaporetto zum Friedhof eine Lebensgeschichte ausgedacht. Ich war Putzfrau. Mit Kopftuch und Sonnenbrille und – trotz tropischer Hitze – Sommermantel. Alles billig und etwas zu groß, als hätte mich die Trauer um meinen Mann schrumpfen lassen. Ich fand das Grab eines mir unbekannten Fredo Bianchi in der Nähe des Mausoleums. Sein Grab fiel vor allem durch die Fülle der Plastikblumen darauf auf. Ich bat Fredo um Verzeihung, dass ich ihn als Requisite missbrauchte. Und wartete anschließend, bis die anderen kamen.

Es hätte so schön sein können. So ergreifend.

Aber dann tauchte Hagen auf. Mit Gabi!

Wer, bitte schön, bringt seine Geliebte mit zur Trauerfeier seiner verstorbenen Partnerin? WER?

Ich konnte es mir nicht verkneifen, kleine Kieselsteinchen von Bianchis Grab in Hagens Nacken zu werfen.

Arsch! Wie kommt der hierher? Später wurde mir zugetragen, dass mich einer seiner Kumpel auf einem Online-Foto entdeckt hatte – wie ich im Motorboot durch die Luft segelte. Er war quasi schon auf dem Weg gewesen. Gott sei Dank traf er erst ein, als ich schon tot war.

Und jetzt sitze ich hier und erfinde einen neuen Schluss für meine sogenannten Erinnerungen. Arbeitstitel (natürlich nur für mich): *Tagebuch einer Wasserleiche aus dem Canale Grande.*

Ich werde nichts und niemanden aus meinem alten Leben vermissen. Dieses Kapitel ist für mich abgehakt. Na ja, meine Freundin Gisi wird mir vielleicht ein bisschen fehlen. Und ich ihr auch. Aber sie hat ja ihre neue Liebe, die hält sie beschäftigt. Und ich bin nun mal tot. Möglicherweise melde ich mich doch irgendwann bei ihr. In ein paar Jahren. Wenn Gras über mein Grab gewachsen ist. Jetzt jedoch nicht.

Lebewohl, Astrid.

Willkommen, Donna Asti.

Cesare wird das Tagebuch an Hagen schicken, sobald es fertig ist. Um die Mär von meinem Ableben zu unterfüttern.

Ich habe es mir im Innenhof bequem gemacht, an dem gusseisernen Tisch, an dem gewissermaßen alles für mich anfing, umgeben von Dogenköpfen, die mir alle wohlwollend zulächeln.

Die Piranhas im Aquarium in der Küche gucken ebenfalls wohlwollend. Sie haben mir die Fastenfolter verziehen. Mittlerweile füttere ich sie auch regelmäßig mit ganzen Fischen sowie jedes Mal als Nachtisch mit einem Gemisch aus Krebstieren, Wirbeltierresten und Würmern. Sie kommen mir alle schon doppelt so groß vor wie zu meiner Ankunft und strahlen nichts als Happiness und Heiterkeit aus. Man muss sie einfach gernhaben, diese kleinen, schuppigen Racker. Der Spruch auf der Fischfutterpackung stimmt: *Sind deine Piranhas glücklich, bist du es auch.*

Cesare hat mir sämtliche Familienmitglieder vorgestellt. Eigentlich hatte ich erwartet, dass sie mir den Ringfinger küssen würden, aber es gab nur ein bisschen Händeschütteln, ganz viel Aperol Spritz und die Zusicherung, dass von ihrer Seite kein Einspruch kam. Hauptsache, die Geschäfte liefen weiter so gut – will heißen: finanziell einträglich – wie bisher.

Vito, der immer noch hinkt, und zwei andere dankten mir dafür, dass ich geholfen hatte, Malossini und Contarini „aus dem Weg zu räumen". Ich widersprach nicht – ich hatte jetzt einen Ruf zu verlieren. Die Feinde der Donna Asti sollten mich fürchten.

Aber eigentlich hatte ich bei keinem der Todesfälle meine Hand im Spiel.

„Unter meiner Ägide wird lösungsorientiert gedacht!", versprach ich ihnen. Was man dem alten Bernardo Pesci, der für die Transportverpackung der „Dogenköpfe mit Füllung" zuständig war, übersetzen musste, weil der kein Englisch konnte. Ich nahm mir vor, schnellstmöglich Italienisch zu lernen. Damit ich mit all meinen Angestellten reden konnte.

Ach ja, erwähnte ich schon, dass uns Commissario Contarini nie wieder in die Geschäfte grätschen würde?

Seine Bisswunden hatten sich entzündet, und Contarini war nicht gegen Tetanus geimpft. Leider – hüstel – verlief die Krankheit bei ihm tödlich. Möge er in Unfrieden ruhen. Als ich von seinem Ableben erfuhr, realisierte ich es zum ersten Mal.

Dass jeder, wirklich jeder in meiner Familie einen Toten auf dem Gewissen hatte: Die Hunde hatten Contarini zu verantworten, Maria hatte mit ihrer Handtasche Ugo Scarpa gefällt, Adrianos Spielzeugauto brachte Malossinis würgendem Handlanger den Piranha-Tod, Vito hatte mit seiner Drohne den Scharfschützen in die Tiefe gestürzt, Cesare hatte den korrupten Polizeisubalternen erschossen, und Marco hatte Malossini mit Erdnusscreme in den anaphylaktischen Schock verholfen.

Und ich?

Ich hatte mich gekillt.

Die beste Entscheidung meines Lebens.

Jeder Tag ist jetzt ein neues Abenteuer. Hinter jeder Ecke wartet etwas Aufregendes auf mich.

Während ich diese Zeilen schreibe, sitzen Zeus und Apollo zu meinen Füßen und lecken mir die Hornhaut von den Fersen. Man könnte meinen, das geschehe aus Liebe. Aber ich kenne doch die kleinen Kläffer – sie wissen, dass sich hinter der Hornhaut Knochen verbergen, und an die wollen sie rankommen und daran nagen.

Marco ist oben in seinem Atelier. Er malt Signorina Barozzi. Oder Isabella, wie er sie nennt. Sie sitzt ihm schon zum dritten Mal Modell. Ich glaube, zwischen den beiden keimt was.

Die Linie der Foscarellis wird nicht aussterben!

Bis Adriano einmal groß ist, leite ich den Laden. Es flutscht. Ich habe bereits nach Hongkong und Kapstadt expandiert. Als Nächstes kommen Rio de Janeiro und Tokio.

Donna Astis Dogenköpfe erobern die Welt. Und meine Steuererklärungen sind absolut clean.

Ja, ich weiß, was Sie denken, und Sie haben Recht. Warum eine venezianische Mafia-Familie übernehmen, wenn es so viel andere Möglichkeiten der Veränderung gegeben hätte? Wie ich schon sagte: Animatöse in einem Holidayclub auf den Malediven oder Eremitin in einer Höhle im Himalaya? Vielleicht mache ich das auch noch. Alles ist möglich.

Und es ist nie zu spät.

Für gar nichts!

Im Moment finde ich es aber einfach sehr beglückend, endlich die Familie zu haben, die ich mir immer gewünscht habe.

Ich schaue mich im Innenhof um und atme wohlig ein. Und wieder aus. Und hebe den Blick zum Himmel über Venedig.

Selbstverständlich wohne ich hier im Palazzo. Ich werde den Dachstock ausbauen und mir im Zuge dessen eine Dachterrasse aufflanschen lassen, damit ich von dort oben auf den Canale Grande schauen kann.

Ja doch, ich weiß schon, es heißt Canal. Ohne e. Ist mir egal. Mit e klingt es in meinen Ohren melodischer.

Und Sie wissen ja: Einer Mafia-Donna widerspricht man besser nicht!

Spoilerwarnung!

Für alle, die jetzt neugierig nach hinten geblättert haben, um ihre Neugier zu befriedigen:

Nein, Astrid ist nicht tot. Das könnte man meinen, weil sie ja das Tagebuch aus dem Buchtitel führt, aber es kommt ganz anders. Bitte nicht spicken. Wer sich überraschen lässt, hat mehr vom Buch!

Berühmte letzte Worte

(alias Danksagungen)

Grazie mille an den Verlag in Innsbruck: Ihr seid's die Besten!

Ich danke aber auch den Menschen, die meine Liebe zu Venedig zum Erblühen brachten: Camilla Frattina, Mimi Todhunter, Michael Böttcher M.A., Vincent Klinks „Ein Bauch spaziert durch Venedig" (Rowohlt) und Jessica Ellicott (ohne die ich nie einen Sommer in Venedig verbracht hätte).

Dieses Buch wurde in Deutschland geschrieben, aber mein Fenster nach Venedig war immer offen: dank einer Live-Webcam auf YouTube. Darum auch ein Dank an jene, die die Webcams erfanden, so konnte ich Venedig nicht nur im Herzen, sondern auch vor Augen haben.

Ein Dankeschön auch an die Filme, die meine Neugier auf Venedig überhaupt erst geweckt haben:

Venedig sehen – und erben...
The Tourist
Die Schlemmer-Orgie
The Italian Job – Jagd auf Millionen
Indiana Jones und der letzte Kreuzzug
Wenn die Gondeln Trauer tragen
James Bond 007: Casino Royale

Personae Dramatis

Astrid Vollrath, Tagebuchschreiberin

Hagen Bergmann, ihr untreuer Kanzleipartner/Lover
Gabi, Frisöse/Betthäschen

Cesare Foscarelli, Mafiapate
Maria, Haushaltshilfe/Ex-Geliebte
Marco Foscarelli, Sohn numero uno des Paten
Adriano Foscarelli, Sohn numero due des Paten
Vito Foscarelli, Mitglied der „Famiglia"
Zeus und Apollo, Kampfköter im Achselhöhlenformat
Die Piranhas (ihr Anführer: Gino Foscarelli; seine „Bei-
ßer": Matteo, Alessandro, Francesco, Vittorio, Lorenzo,
Eduardo, Tomaso, Davide, Riccardo, Emanuele, George)

Cinzia, lebende Überwachungskamera

Commissario Contarini, der Gutaussehende
Commissario Belli, der mit dem fetten Schnauzer
Isabella Barozzi, Polizistin

Malossini, Verbrecherboss/Leinenanzugträger

Auflage:
4   3   2
2027   2026   2025   2024

© 2024
HAYMON krimi
Innsbruck-Wien
www.haymonverlag.at

ISBN 978-3-7099-8196-2

Inhaltliche Betreuung, Lektorat: Haymon Krimi / Linda Müller
Projektleitung: Haymon Krimi/ Hanna Rusch
Buchinnengestaltung nach Entwürfen von: himmel. Studio für Design und Kommunikation, Innsbruck / Scheffau – www.himmel.co.at
Grafik Löwenkopf: iStock, rolandtopor
Satz: Da-TeX Gerd Blumenstein, Leipzig
Umschlaggestaltung sowie Gestaltung Vor- und Nachsatz: Bürosüd – www.buerosued.de
Umschlagabbildungen: Bürosüd – www.buerosued.de
Autorinnenfoto: Jürgen Weller Fotografie, Schwäbisch Hall

Gedruckt auf umweltfreundlichem, chlor- und säurefrei gebleichtem Papier.